瓶兰花树

曹家桥 著

中国文联出版社
http://www.clapnet.cn

图书在版编目（ＣＩＰ）数据

瓶兰花树 / 曹家桥著. -- 北京：中国文联出版社，
2021.5
ISBN 978-7-5190-4404-6

Ⅰ.①瓶… Ⅱ.①曹… Ⅲ.①短篇小说－小说集－中
国－当代②散文集－中国－当代 Ⅳ.①I247.7②I267

中国版本图书馆 CIP 数据核字(2021)第 026529 号

瓶兰花树

作　　者：曹家桥			
终 审 人：朱彦玲		复 审 人：苏　晶	
责任编辑：周　欣		责任校对：潘传兵	
封面设计：伊　诺		责任印制：陈　晨	

出版发行　中国文联出版社
地　　址：北京市朝阳区农展馆南里 10 号，100125
电　　话：010-85923063（咨询）85923000（编务）85923020（邮购）
传　　真：010-85923000（总编室），010-85923020（发行部）
网　　址：http://www.clapnet.cn　　　http://www.claplus.cn
E-mail：clap@clapnet.cn　　　zhoux@clapnet.cn
印　　刷：天津旭丰源印刷有限公司
装　　订：天津旭丰源印刷有限公司
本书如有破损、缺页、装订错误，请与本社联系调换

开　　本：710×1000　　　　　　1/16
字　　数：170 千字　　　　印　张：12
版　　次：2021年5月第1版　　印　次：2023年4月第3次印刷
书　　号：ISBN 978-7-5190-4404-6
定　　价：49.00 元

序

顾金生

那日在杭城街头看到一座"微笑亭",却未分享到"微笑亭"里姑娘的微笑。我猜想,微笑也是个"麻烦活"吧,估计很多人难以"胜任",但我倒觉得有一人例外,那就是本书的作者"曹家桥",即许益民。

我对老许有两个较深的印象:一是我俩每每相遇,他总是满面春风、笑容可掬,那种笑靥比蒙娜丽莎的要甜、要真;二是我怎么也想不通他怎么那么喜欢写作?真可谓达到了"爱如生命""一发不可收拾"之境地。

老许又要出书了,毋庸置疑,文章发表多了自然想集结出版,一是总结汇编,二可与人分享,很多搞文字工作的人都有类似的嗜好。前不久偶遇几位沪上媒体浙江籍前辈,在西湖景区聚会时差不多每人有一本专集,互赠互炫,个个都有掩不住的自傲与激动。一位高级记者说:"光阴如梭,人生如梦。花甲暮年能出一本书,既是岁月留痕又是人生回眸,每每翻阅,总觉这一生没白活。"听闻此言,我便愈加羡慕老许,人家一生一本书,你是一生七八本,岂不活了七八生?!

老许是地道杭州人,满口本塘话,字正腔圆,舌头一转,儿音频仍,只是语速比一般人慢半拍。这么个"慢郎中",退休后余热沸腾,坚持上班,或是副总或是高管。让人匪夷所思的是,他怎么会有那么多时间码出那么多字来?小说、散文、随笔,甚至长篇小说、电视剧本、网

络剧本等等，不一而足，就是不吃、不喝、不睡也难做到呀！可老许做到了，为什么？不晓得！于是乎，经年数载，我寻寻觅觅、想想念念，却一直难得其解。没想，世事如棋局局新，机会不期而至，2018年端午节小长假来临前，老许要我为他即将付梓的个人专著《瓶兰花树》写序。

去年倒是为三位朋友的专著写过序，今年至今未见"开张"。老许"神机妙算"，我正值"空当"，于是一个电话，要我"急令飞雪化春水"，为《瓶兰花树》浇灌浇灌，使"瓶兰"更香，"花树"更艳！

写序务必要耐着性子将专著中的文章悉数阅尽，于是，晨起睡前，茶余饭后，甚至高铁上、旅馆里……忙里偷闲，见缝插针，一行行，一段段，仔细拜读、细嚼慢咽。原打算观看俄罗斯世界杯足球赛的时间大部分"狸猫换太子"，转让给了老许的"兰兰"和"花花"们。

翻着、阅着、想着、悟着……突然灵犀袭心，我竟无意间捕捉到了老许那"蒙娜丽莎式的微笑"和酷爱写作之间相通相融、配合默契的神奇密码。

老许的文章，基本是春秋笔法，言简意赅、情真意切，既无华丽辞藻，更无矫揉造作。无论是随笔、散文，还是小说、剧本，写人、抒情抑或是叙事、状景，总能让你惬意开心，有事无事都能偷着乐。他写人则入木三分，抒情则沁人心脾，叙事则在人耳目，状景则如临其境。他的文章几乎"一边倒"，只见阳光不见雾霾，但闻花香不显荒芜。用他的话说："我很少有不开心的事，所以写出的人物和故事都很开心。非常不理解有些人为何会有那么多不开心的事，十分希望他们能看到我的文章，肯定会开心的！"

老许的话真不假，因为我尝试、分享到了，说你听听——

《虫痴鹞儿》的"鹞儿"在老许笔下是个灾难中的"幸运儿"，游手好闲的鹞儿平生只爱蛐蛐儿。动乱年代的玩也是有罪的，就被当作"封建余孽"下放农村监督劳改。没想"祸兮福所倚"，两幅打叉的造反派封条竟然"保留"了鹞儿全部宝贝疙瘩，如晋、唐、元、明的"虫书"，以及流传数百年的蛐笼、瓦罐，可谓件件经典、只只稀缺。鹞儿却从未想到要靠它们"发家致富"，而是淡淡地说了一句："这是祖宗传下来的宝贝，交给国家保管安心。"老许将鹞儿写得活灵活现、可敬可亲。一个苟且在社会底层的无名小卒，竟被老许搬上一张市级大报扬了大名，并被香港《财富》杂志迅速转载。

《瓶兰花树》四十多篇大作，写人物几近一半，《装修两代人》中的"父子兵"，《崔五伯》中的"崔五伯"，《医者仁德》中的"许子春"，以及《泥塑艺人高大昌的心路》中的"高大昌"，《陆外婆》中的"陆外婆"……不是善良好人、拼命三郎，就是那些德艺双馨、菩萨心肠的。老许之所以不惜笔墨倍加点赞，就是想着力倡导良好的社会风气及阳光正直的"三观"，以造福百姓、福祉大众。

借物抒情则是老许的拿手绝活，事无巨细，随手拈来，放得开收得拢，娓娓道来，乐人乐己。《运河水乡崇贤》一文将枕水人家——运河古镇崇贤写得"韵"味十足。他将三家村的手削藕粉誉为"东方神奇食品"，将崇贤布艺喻成"装在全球万千家庭"中的"运河之韵美"。文章见报后，藕粉、布艺销路骤增，崇贤乡亲欣喜若狂、奔走相告，纷纷诚邀老许前去家中做客。

别人写雷峰塔总是高屋建瓴、浮想联翩……老许则只爱往"小处"说说，《外公家有块雷峰塔的砖》就是借物抒情的一篇好文，老许既将自己的天真童趣与人分享，又苦口婆心地告诫80后、90后甚至00后，该如何更好地为人处世。此文荣获《杭州日报》"西湖副刊"征文奖。《照相》同样也是回忆自己童年时代的煽情之作，乡风民俗可圈可点，孝悌之心跃然纸上。因听说照相会使人"魂灵出窍"，怕外婆灵魂被摄而"吓得号啕大哭……"其境其情，读后令人忍俊不禁，但立马泪眼婆娑、敬意顿生。

借景抒情则更能体现老许匠心独运的写作特色。闲时也偶尔四处走走的许大哥，专喜捕捉不为人知的无名小景。凡经他妙笔生花的小景很快就满血复活。《如意尖》中的"如意尖"，杭州会有多少人知道？硬是被老许"挖地三尺"，点石成金，文章见之报端后游人倍增。《神韵天马山》中的"天马山"，在杭州龙井路双峰插云间耸立至今，有多少人走过路过却视而不见。老许发现后一见钟情，顿时心旌摇荡，欣然命笔，即

刻挥就千字短文投寄报刊，希望读者们有空来转转，此地天马行空、空气清新，净身、净心、净灵魂……让你神清气爽、乐而忘返！

老许乐山、乐水、乐旅游，更爱描山、描水、描胜景，他的旅游散文集《西湖登山撷趣》被译成英文远渡重洋，因篇篇美文，脍炙人口，喜煞著名作家薛家柱，甘心为其拨冗作序。老许不喜文章重复出版，所以本书写景的篇章并不多见，但入选的却是篇篇干货，恳请一阅，开卷必有益。

题目是文章的颜值，老许的文章写得美，题目也取得别出心裁，"秧好半年稻，题美文值高"，《瓶兰花树》《格许多萝卜夹了一块肉》《在高空编织彩虹》等，明目醒神，美轮美奂，大有"不看不罢休"的诱惑。

岁月递嬗，白云苍狗，饱经风霜的老许虽年逾古稀，却童心未泯、精气神十足，每天每日，他总是带着"招牌式微笑"，开开心心地生活、工作……一开心，他就写作，一写作，他就开心，相辅相成。迄今已有500万字的皇皇成果，不能说是"著作等身"却也可称"著作半身"。

我也不能算是太闲之人，阅读也只能偶尔为之，但总会"一不小心"就看到"曹家桥"的作品，不是报纸就是杂志，不是书籍就是电视，想避开都难。打开"度娘"，录入"曹家桥"或"许益民"，其作品如春花烂漫，如白云裹天，如八月怒潮，如高山瀑布……让你美不胜收、欲罢不能！

老许，你的作品让人开卷有益，你的故事让人净化心灵；你的微笑让人心旷神怡，你的人品让人肃然起敬！

曹家桥，愿你笔耕不辍，成为读者永远的"开心桥"！

许大哥，愿你文思泉涌，期待你有更多的新作问世！

是为序！

2018 年夏

（序作者系浙江日报社资深记者、浙江省作家协会会员、浙江杂文协会副秘书长）

目 录

瓶兰花树
Pinglanhua Shu

虫痴鹞儿

鹞儿是他的绰号。他长相瘦长，胸脯向里凹，肩胛耸起，背脊略
佝，常年穿件夹克衫，前襟敞开，迎风鼓吹飘飘然。娘瞧着唠叨，没正
当营生，成天摇来摆去像只不着地的鹞儿！其实，老娘内心感到亏欠
的，蟋蟀小虫把儿子的灵魂罩住，是祖上几辈沉积造成，曾爷爷当年在
上海当长三麻子凭着怀中藏的蜻蜓头"星门角"蛐蛐为戴红翎子的军官
转败为胜赢得万贯家财，也由此沾益发家，后来虫局中多次得手，当然
败得同样快，到父亲这代只剩下现在住的菜市桥河下直街一间平房了。
鹞儿真名吟蛩，出生辰光正好他爸在石库房前厅斗虫，欣喜地听着自己
"藏乌青"高唱凯歌时喜悦开怀取下的。由此种下孽债沦落成"虫痴"。

不过，娘的埋怨也不全是，鹞儿少年时菜市桥畔的茶室尚斗旗招
摇，从中河驶来的乡下船贩完蔬菜主人会要壶龙井休憩，其中七堡来的
大多带几只沙田虫换点零花钱，有此好的茶客挑选自己中意的虫儿摆开
架势趣斗，互相竞赛输赢。还未长高的鹞儿乐此不疲悠游其间。说来也
怪，每每他上眼的都会亮翅鸣啼，少不得分几张五颜六色的钞票。当然
他也会半夜去郊外络麻田捉蛐蛐赚些铜钿，家中袅袅升起的炊烟还有他
几把柴火哩。后来成年了，桥畔茶室消失，他干过几处临工都没长久，
几年读书认识的字也都花费在家中藏着的各种年代的虫谱书和当宝贝的
靠墙叠着的满满当当蟋蟀盆底的阴阳篆刻上。娘走后，剩下他光身一个，
摇来晃去，多是在桥头上，邻居们也不恼他。鹞儿嘴甜腿勤性格平和，

谁家有事都肯出力，更是屁股后有批伢儿跟随，他从不挑唆使坏，无非是讲些斗蛐逸事，孩子开心大人也放心，要知道在这间里屋檐下不少家长都喜欢这历经千年的虫趣风俗哩。

事情还是惹起来了。

二十世纪五十年代末六十年代初，菜市桥河下直街那截不长的街巷每到暑期自发形成蛐蛐集市。墙根屋檐石板路旁都是一堆堆的人，蹲站围挤，伸长脖子或踮脚专注蟋蟀小虫。有人手里捧着盆子，有人裤袋里摸出竹筒，有的用各种瓶罐、网罩芡草引逗蛐蛐儿啼闹。每当一处摆开阵势咬斗，更是里一层外一层地起哄，当然少不了下注的，更多的是相互交换买卖，火辣辣的大太阳下油头汗面的全都不顾。那时人也比较宽容，骑车的只是摇响大板铃推着走，过往的吼起嗓子"让让让让"地喊，虽然难免争吵拉扯的，劝阻会儿即自平息。当黄昏降临路灯亮起人们才掖着欢乐和愉悦四散。但之后这里成了藏污纳垢之地自然重点扫荡，鹩儿成为宣扬腐朽没落封建余孽典型被下放农村监督劳动。

有道是祸兮福所倚，鹩儿有幸是早早下乡，一个肮脏的破屋贴上封条任凭风吹雨淋，几年后鹩儿归来，虫书和盆都还在，只是积满灰尘。想不到时来运转，当改革开放人们生活水平如钱江春潮幸福高涨，蟋蟀娱乐也应时兴起列入传统文化陶冶人们性情。这个城市民间成立了蟋蟀协会，开展斗蟋大赛，在花鸟市场摆摊的鹩儿被众人拥戴当裁判。当传来邻国要申报世界文化遗产，学者们焦躁起来，他们寻访"吟蚤"先生，见到他家藏的盆和书欣喜若狂，其中有晋郭璞绘的《尔雅图》、唐集贤院的《毛诗虫鱼考》、宋罗大经的《鹤林玉露》、明人高承埏的《蟋蟀谱》、刘侗与袁宏道的《促织志》等善本和珍贵的上面两条盘龙，顶珠是个凤头的宣和罐、雕刻着梅竹兰菊四友刘樾的题字的平章罐，以及一副完整的象牙斗虫器具，小巧玲珑的虫笼，精细的天平秤在灯光下发出晶玉光泽……这都是有力的物证啊！

鹩儿仍然穿着前襟敞开的夹克衫，不过很少再鼓起风，毕竟岁数大了，他神态淡然坐着，交代帮工伙计把东西仔细包装好，这是祖宗传下来的宝贝，交给国家保管安心。

（原载 2016 年 1 月 6 日《杭州日报·西湖副刊》和香港《财富世界》2016 第 2 期）

装修两代人

　　他从普桑下来，两只大头鞋踩得很重，工地上溅起的灰跟着他略佝背的个子扬动，长满厚茧的左手护着浓髭毛糙的下腮，咝咝吸着气。牙疼，虚火旺。我想，眼前这个 500 万元的银行大厅装修工程，倒计时分分秒秒在逼，连轴转地加班，工友们眼睛都红得兔子样，还是悬，肯定要误期了。项目经理的他牙龈不肿才怪。

　　他喝了口茶在嘴里咕噜转后，呸地吐出，泡沫中有丝丝血痕："小子邪了，就知道把钱往水里扔。"没头没脑的话。我支起耳朵靠近，因为太嘈杂了，空气里充塞着电锯声及锤击声。他提高声音向我发泄，"你知道，我是做家装出道的，家装看起来活多，但鸡零狗碎户数不少，要求高，主人的钱是用手指沾着唾液给的，还跟着你到市场挑东拣西，你再用心都不会讨好的，没有一家装修满意的。可是，浑小子却赶时尚，说我落伍了，现在哪还能在旧臼中打旋。旋什么？公装体量大，都是单位的，虽然拿钱累，还要……"我听得出，其实结账不畅，磕磕绊绊，还有七里八拐的行规和人情，渗入地下或沉进泥淖都是白花花的辛苦钱，遇难时也出现欠民工的工资。这几十年过来，钞票是赚了，其实也不容易。

　　"工厂化装修，老子我还没有摸着门道，他却疯似的时髦。"

　　我方才明白，他是在说自己儿子。他儿子我熟悉，建筑中专毕业，跟在老子身后干了一阵，父子俩经常起口角，儿子甩手离开，自己办了个家装公司，时间不长却风生水起，闹出点名堂。难道老小还在闹摩擦。

　　"钱，他说借，一个晚上小夫妻俩窃语，你说我能不上火……"正说这里，儿子已经在旁边，也没作声，拉着他往外跑，我也跟上，一起上了切诺亚跑车。开车的媳妇甜蜜一笑。车直接去了正机器隆隆的装修作业厂。整齐如一的板材、装配厨具、吊线塑板等按电脑图纸在运作。儿子还用手中的 iPad 把各种家装设计图展示。面对简扼流畅现代和仿欧美及林林总总的住宅装饰样板图，老爸扶腮的手放下抚摸起原在现场人工制作的这些熟悉又陌生的东西。媳妇连接上视屏指指点点说："这是新绿商品房精装修作业现场。"转了下又是一处居民安置房的施工区，见工人只用简单的工具轻松快捷地铺设，现场洁净无污染，工料成本节省不少啊。他硬是不服气，装的。我看得出。因为他下面的话不像是问："不想再扩大规模，增添两台设备？小子，这要算我投资的。"

儿子笑了。他夸张地对我说："下一步还要进入智能化配套，要知道，家庭加上智能化设施，生活的品质不是又提升一大步了。"

"还能节省资源，减少城市雾霾哩。"媳妇总帮得紧。

"这不是和发达国家一样了，搬家只要带着行李过去就是了。"老装修项目经理也会发逗。他咝咝地吸，牙还在疼！

其实他爸是在赌气，因为在公装竞标中，已经多次让开始工厂化生产对手击败，作为助手的我提出过，他喉咙邦响，要我跟儿子学，心坎过不了！

今天，也许牙疼吧，他在做的工程，要按时完成只有机器帮忙了……

其实这是潮流，两代不同的装修工，在社会发展进程中做同样的事，却有着不同的理念和作为。要跟上，老一辈恐怕为难了，不过在交替过程中，还有空间，当空间消失，新一代的后面将出现更新的装修项目经理。

眼前的流水作业线，成品前赴后继，时间哩，就是这样超越再超越，永无止息。

（原载《杭州建设》2014 年第 2 期）

运河水乡崇贤

　　在江南布艺之乡崇贤，广阔的沃野上密布众多河汉塘湾，锦缎般温柔的水长年绵延浸润这块土地，年复一年和缓轻盈地流淌，泛起细浪是永泽笑颜，回旋波纹是软言絮语，拱起小桥像道道彩虹，舟楫风帆承载生活乐章，众多支支条条共同汇集运河通渠，汪恣恣一片欢腾，从南向北、从北向南回旋涌动，造就华夏东南千百年来的丰饶富裕。

　　水，运河的水，正是容纳广袤流域中无数像崇贤这样村镇壮腴浩荡的水。

　　运河的水就是这样的吗？

　　不，当自己站在崇贤古镇那弓月般的大弯流水前，迎面是宽阔的河面，风在习习地吹，阳光在涟漪中闪烁，鱼儿喋呷的碎声，莺鸟飞翔的身影……经不住浮想联翩，思绪滔滔，缘于痴凝这个"水"字上。运河的水是什么？不是诠释过了，水网泽地，山壑涧溪，地下湮涸，天上甘霖流，大自然赐予平常普通的液体。然而，痴疑总折拗追思，肯定不那么浅浮，因为我眼中运河的水安详从容大气，稠绿幽静坦荡，充满生息灵性，显示出与其他江河湖泊不同的内涵，她，有种令人陶醉的亲情温馨深蕴在其中。

　　为什么？

　　联想到一个流传崇贤民间的故事，很粗陋直白，名字叫"屋漏"。

　　传说，很久以前有对老夫妻居住在河边，生活贫寒，住的是破草房，每当刮风下雨，雨水从屋隙裂缝中淋下，不堪其苦。老两口经常絮叨，"不怕神仙老虎，只怕屋漏魔祟。"这句话让山上下来的老虎听见，它惊悚"屋漏"是何种野兽？就伺机窥视。正好撞见老人头戴着笠帽身披蓑衣出来，老虎面对这一团黑乎乎刺毛毛的怪物，吓得直逃，还一头撞在棵大树上，遍体鳞伤再也不敢见"屋漏"了。

故事里阐述着深厚寓意，彰扬最普通百姓耕田打鱼操劳时所使用的笠帽蓑衣，老虎无疑是比喻自然风雨，风和雨江南水乡人经常遭遇，平常的笠帽和蓑衣承受水的滴淋，水带着体温淌下来落入泥淖，渗入田垄，淌进水沟池塘流到运河中，由此推想，那家家户户缭绕的炊烟，煮沸的蒸气，蚕姑抖动桑叶上的汁液，禾叶上滚动的露珠，竹笋破土时的湿润，劳作挥汗，洗涮浆补，浇灌洒扬，甚至，顽劣孩子小鸡鸡浇射热烘烘的尿、牛溲马勃……都积攒形成，带着生活气息，沾满泥土黏浆，点滴成涓，交融积聚，曲折汇集，成了运河水经久不断的源流，与上天的雨，山中的泉，霜雪冰雾等一起，才有如此浩荡生灵的运河水。

运河水正是融合生生不息两岸人民的劳动和耕耘，才赋予如此深厚的底蕴。我情不自禁地躬身，双手掬起，深深品啜，忆起自己在异国他乡与友人相识的一段佳话。

源起运河水涵养的普通藕粉一包。

1997年春，为了开辟北美市场，我去了多伦多、温哥华、纽约、洛杉矶、旧金山等地。这天在密苏里州的港口城市明尼阿波利斯一家临街的咖啡馆里，夕阳的余晖扯动金色纱单透过明净的窗户，轻抚着自己疲倦的身躯。因饮食不习惯，反胃泛酸，我让服务员给拿了只碗，从行囊中掬出家乡带来的藕粉，爱人知道我偏爱它，每次外出总不忘放好。当我用开水冲泡时，一股浓郁清香弥散开来，服务员看着膨胀成粉红色的稠糊，好奇发问，我说出名字，还舀起一匙入口咽下，暖和舒服后打了个响亮呃，服务员手势夸张瞪目作声，引动前座看报的中年男子，他转过瞧了瞧，笑着说："好东西！东方神奇食品！""你尝过？"我问，有种他乡遇知己的好感。我随即招呼："要不，来一包？""好啊！"他很爽直移坐一起，还熟练地扯开小袋包装，要了根筷子，掺水搅拌，动作很熟练，解释说自己有不少华人朋友，对中国特产和文化很感兴趣，

现在你们国家改革开放，经济发展很快，很想过去开拓市场。"你做什么的？"既然是生意人，我当然不放过。他递上名片，Bemis•Jeff Saue（杰尼•赛尤），业务经理。我更为兴奋，因为 Bemis 公司是世界著名的软包公司，而我是从事布艺产品的，立即将样品本呈上。杰尼首先注目的是我莲花商标，几片盛开的花瓣舒展在碧绿的荷叶上，下面还勾画出洁白的藕根，线条简扼浓缩，透出江南浓郁风骚。杰尼指指碗中的藕粉，又点点商标，跷起拇指，作势地哑巴，当场定下选中的样品，并约定前来。

已经与杰尼很相熟了，这天，我俩一起沿崇贤运河一道弯月堤岸徜徉，面对浩荡广阔的水面，他若有深思地说了个词——"韵"。我很为惊讶，因为这个深谙中国文化内涵的词竟会从一个老外嘴里蹦出。我反问："'韵'在哪里？"杰尼双眸湿润回答："在这里。""这里？""是啊，你瞧这平稳流动的运河水，多么淳厚，滋养着勤劳聪慧的人民，还有那么丰盛的物产，水稻、蚕桑、水果、鱼鲜……都融入进去了。所以，你们所生产的布艺，都藏着运河特有的韵味，平和、深沉、坦荡、真诚，显示出与众不同的创意，她携带潺潺流水进驻五洲四海，成为世界多元文化中一抹灿烂的骄傲。中国的软装业是从运河起步的，运河的韵美肯定会装饰在全球万千家庭中。"

正好，有艘满载五彩布艺的船徐徐驶过，远方是蔚蓝天空下欣欣向荣的城镇都市……

（原载 2017 年 4 月 1 日《深纹路》）

外公家有块雷峰塔的砖

　　二十世纪五十年代初，我还是个流鼻涕的 6 岁男孩。那个年代幼儿园少，大人忙于生计，孩子都放野马似的任其自流。我常常去外公家。

　　外公家在威乙巷，开木匠铺的，锯下的木片、木屑，还有细薄蜷曲的刨花，看着它从刨子肚里嗖嗖吐出来，洒落一地，漫满脚背，清香滑溜，逐渐成堆。我们在上面蹦跳打滚，真是快乐无比。我有个小娘舅，外公叫他"懒胚"，生得五大三粗，肌肉饱满，有的是蛮力，却因着外婆宠惯，不肯好好做生活，经常出去和几个闲汉比削甘蔗皮。赊几支长桃甘蔗，用把带柄的剖西瓜刀，从梢头开始，比谁削的皮长薄，谁输谁付钱！再是到菜市桥河下买蟋蟀斗咬，把得胜的虫将军视同宝贝捧回，用上好的蛐蛐盆喂养。这些对我有极大的吸引力，每每都屁颠屁颠跟在他后面。

　　这天，小舅从早上起就吃素，要知道他是离不开肥肉的，还把自己洗个干净，套上单衣裤，闷声关在屋里不知折腾啥。我犯奇，偷偷从门缝中窥视。只见床柜上面，放着只蛐蛐盆，盆后是一块砖，竖立的。砖是清灰色的，很陈旧，上角还有些残缺，前面竟焚着三支香，清烟缭绕，非常神秘。小舅嘴里念念有词。当他把硕大的身子卧下跪拜时，撅起的屁股崩坏了裤子，露出雪白的光腚，我绷不住"嘻"地笑出了声，搅乱了他的神圣仪式。小舅背转身，大声吼我。我吓得赶快躲开，但好奇之心始终悬着。

　　晚上在天井乘凉，我依在外公胖嘟嘟的肚皮上，给他摇扇。外公干

了一天活累了，总是迷迷糊糊的似睡非睡，间歇会突然睁眼问我："小舅一天在做什么？"我把看到的说了，冷不防外公突然站起，赤着脚咚咚往屋里跑。不一会，又回来了，他交代我，以后若见到"懒胚"拿我的佛砖，要立马叫我！一家的财运都让他给衰败了！

佛砖！财运！外公的宝贝，小舅是偷着供的？为什么？还不是为了他的大头鬼，蛐蛐儿！想赢人家的钱啰！我哪里肯放得下这块神秘的砖。好在，外公说是这样说，其实他也没有把砖严严实实藏着，只是用块黄绫包裹着，放在供奉祖宗牌位的神龛上。神龛太高，我谋算着找机会看个灵清。

机会来了。里弄居民开会，木匠铺难得关门，大人都出去了。我心怦怦直跳，搬了两张凳子，叠着来踏上，刚好够得着神龛。我轻轻地把砖捧下，放在窗前的桌上，屏住气解开黄绫绸布。果然是那块青砖，比平常墙砖略大，厚厚的还很沉！表面有层绒绒的绿苔。有只角是残缺的，似硬撬后留下的痕迹。更让我惊讶的是，在砖的侧面中间，还有个孔，像大人拇指粗，塞着木塞，木塞头外露，我用小手摇动，竟拔了出来，孔里有个纸团！塞得很紧，我用小手抠，指甲挖，感觉纸又薄又脆，星星粉屑出来。我不敢动了！赶忙把木塞塞回。又不甘心就此而罢，翻来覆去地看，真瞧不出有什么异样，最后带着一肚疑惑放了回去。

又是乘凉，我表现得特别勤快，扇摇得阵阵飒响，不时用湿毛巾帮外公擦汗，装作无意，三分嗲气，问起砖来？外公开口说："这是雷峰塔上面的砖！"雷峰塔我知道，外公跟我讲过白娘子与许仙的故事，而坍掉的残塔还在西湖边上！

"外公！是你拾来的？"

外公来了精神，他先是念了句阿弥陀佛，然后张着诡黠小眼对我说："塔还没有倒下前我去挖来的。那时，刚到杭州开店，说雷峰塔的砖能辟邪，有佛性，保佑发财，好多人去挖。"

"灵吗？"我傻傻追问。

"小孩子懂什么，不许去碰！"

……

现在，外公早已到了极乐世界，我也已过当年外公的年纪。盛世迎来雷峰塔的重建。而当年外公家的那块砖，不知何时消失了！太多的大起大落，太多的天翻地覆，像今天高楼新宇早已不见三十年前杭城旧居了，一块砖，还能剩？

不过，外公当年的愚昧做法，竟有文史记载，雷峰塔的倒下，不仅是鲁迅先生所说的那样，还有芸芸百姓的自我迷信糟蹋！你能责怪谁呢？

遥记此文也许是从另一个方面对雷峰塔的纪念吧。

《原载 2012 年 6 月 22 日《杭州日报·西湖副刊》第 9 版，获雷峰塔征文三等奖）

照　相

　　我从小身体不好，寄养在小外婆家。小外婆是外婆的妹妹，丈夫是背纤的，有次六月旺天在钱清通往柯桥的纤塘登余堵桥时中暑倒下，只留下小外婆和小舅，小舅进外公木匠铺当学徒。记忆中6岁那年春上，天经常下雨，好不容易太阳在湿漉漉的瓦楞上散了层蛋黄光，巷内有人咋呼，还当当敲着镗锣，小外婆丢下正在缝补针线的竹箩笸，换件干净布衫，挽个乌髻，还在头发上抹了些刨花水，拉着我手出门。

　　小外婆由于操劳，经常蓬头垢面，今天咋的梳妆一新，我好奇发问，她说要去拍照。

　　拍照，多新鲜的事啊，我从来没有经历过。只是在马路街面上，见过照相馆，霓虹灯光照射的橱窗里，陈列着大大小小神采奕奕的相片，大明星的艳照，明眸皓齿，靓丽诱人，禁不住从门隙缝向内窥视，却常常会引来呵责，更增添对拍照的神秘。小外婆也从来没有照过相，今天……我小脑子惴惴猜度，感到她的手心湿津津的，掌中经脉在突突跳。由于寡居，小外婆平时见人低眉敛目，说话轻言软语，吐气都嗫嗫的。"咋的啦？"我拉她衣角问，"拍照要花好多钱？""不用，你看，大家都得照，还一定要去的。"她回答的话，让我变兴奋了，自己也有？脚步都加快。小外婆却交代："乖，没孩子的事，到那里要听话。"

　　不要说不敢吵，刚萌起的欢喜立即让警察凶狠的责嚷吓慑。那个平时就吃五喝六的胖保长也在。小外婆被驱赶进散乱的队伍中，还好，跟着的小伢儿倒没有被驱开，但大孩子都被赶一边了。顿时哭啊闹的，瞧怀抱的，拎走的，扯衣角的，唤爹喊娘啼叫乱套了。

我紧挨着小外婆，紧跟排着队的人来到大墙门口，这是我们居住街巷官商的邸所，平时这样有着乌黑铜环的厚门是关闭的。进去是个高大门楼，接着是方砖铺的大天井和宽敞厅堂。拍照是在天井内，每次进10人，轮到小外婆了，她手心出的汗更多了，不时地在捋自己头发。我只是好奇，双眼瞪得大大的，移动脚步专注天井里那些方框框。挑出宇檐的黛瓦与围着的封火墙形成框框，雕刻图案的门窗倒映投下也是或长或短的框框，方砖条缝横竖排列也是数不胜数的框框，照相也是架起方框框，还有张长方桌单独放置着。人被指定坐在前面的方凳子上，面对神秘兮兮向前伸出的方框，上面蒙着里红外黑的布，照相师穿着身花呢格的西装也都是框。照相师钻在布里面，只听见他带着娘娘腔的声音，发出"NO""Yes"的声音。小外婆端坐着不停颤抖，我听见有两个上年纪的女人在咬耳朵，"灵魂要被摄去的。"我害怕，抢到小外婆跟前阻拦，让保长一个巨掌打得踉跄，人磕在方桌上满眼冒金星，睁开时见小外婆已经过来抱我，却又让保长硬拉住她的右手食指在红印泥盒中揿后，按在一个方方本子的方框上，然后，推搡着我们离开。

小外婆已经衣衫零乱，面如土色，乌结松散，额头渗着密密细汗，浑身无力拖沓着走。我害怕极了，她魂灵出窍了！被摄取了！我吓得号啕大哭……

晚上，我多次醒来看看睡在床上一侧的小外婆，不敢出大气，摸摸她的胸，见心在跳。小外婆懊恼了："你怕啥？我好好的。"然后嘀咕道："什么身份证的，我一个单身妇道人家，有它没它都一样。"还长长舒了口气，我见到有清泪亮晶晶的在她眼眶里滚动。

长大了，读书后，照相很平常了，我已经数不过来大大小小不知照了多少相。

1958年春，我在外地读中专，家里打来电话，告知小外婆死了。我惊呆了，放寒假她还好好的，而且1949年新中国成立后，她家生活越过越好，舅舅也进了工厂并娶了舅妈，还添上活泼可爱的小孙子。小外婆虽然仍忙碌，但脸色红润润开开心心。奔丧回去，舅舅抽噎着对我说，

小外婆是去井台上洗衣服被青苔滑倒，医生说是中风抢救不过来。

我望着奠帐上悬挂着小外婆的照片，咦！怎么，竟还是那一张，当年在天井里拍身份证照的。因为，我记忆很清楚，身份证派发来，我抢过去看过，小外婆呆目惊恐，没有丝毫慈祥忠厚本相，我还踹脚嚷过。

于是怪舅舅。

舅舅说，在她生前我们都劝过她，不知多少回了，她说不想再拍照……

无语。只有让泪水无声涔涔，沉淀在心里跟小外婆照相的情景瞬息凝成刻骨的铭记，直到我如今两鬓苍白。

（原载 2015 年 8 月 25 日《杭州日报·西湖副刊》）

墨　斗

外公有个墨斗，是檀香木制作的，是他少年在学徒时捡到块烧剩的菩萨底座。那年正是军阀混乱，他是经过废墟的瓦砾堆里闻到股香味，见是从残留焦烟段木块中溢出，拾取问师傅说是檀香木，当宝贝收藏。后琢磨用这料做了个墨斗。外公手巧心细，部分镂空作圆斗，接上如意柄、线轮和锥子。线面刻朵牡丹花，捏手处有"万"字形线条，精心镶嵌上玉骨，用丝棉作絮，琴弦为线，沁进乌黑的墨汁，一弹一绷漆亮的线晶莹光泽，同行见了都羡慕。

满师后外公背着架锯，绷锯的麻绳绞线间插进刨、凿、锉、角尺等，用斧头柄撬背只身来到杭州闯荡，几年后竟开出家木匠铺，接来乡下外婆，带出几个下手，生意一天比一天好。外婆说是墨斗菩萨保佑。这倒也是，因为，外公始终将檀香木斗别在腰里，每件外衣总濡有墨渍，身上渺渺飘香。邻里不呼外公木匠，代称墨斗佬，突出墨斗，逼真儿个形象！

为此我小时候总手痒痒地挨近外公去摸墨斗，每每都被他呵斥，当然是笑眯眯的，问是不是又考不好？想沾点运气！孩子，少玩多动脑才是。

这不等于废话吗？加减乘除我报个数，外公要扳手指头算半天，还是错的。

马根师傅，外公最得意的助手，只有他可以随意取外公的墨斗，拿起给我，沾一下，明天考100分我给你买烧饼油条吃。口水滴答，可不

敢接，我从来没有上 80 分的……

神奇的是外公只要手握墨斗干活时，从不会出差错，要知道，他是接大木活的，什么叫大木，行内指造屋架梁的！杭州以前以木结构房为主，且都是五榀落地桁架结构，圆柱、枋梁、檐条、翘檐，多少角度数据都按墨斗拉弹出的墨线下料锯刨砍凿拼接的，组合安装不能有误差，要明白东家是用毕生积蓄的钱造屋，哪好胡来粗做返工！所以外公作业时每天瞠眼聚神在旁边。上正梁，一桌三牲祭案香烛缭绕摆着，外公此时完全换了个人，他把持墨斗，悬空站立，双目炯炯，喉咙沙哑，如意柄指东画西，马根师傅和一帮人扛吊抬举，一声落榫，哐当声下准准落入，新房成型，鞭炮炸响，欢呼一片。我瞧见外公敞开的衣衫全让汗水涸满。

最让人至今还在叨念的是修居民食堂。1958 年城市公社化，街道要办食堂，家家户户都丢掉锅儿缸灶集体吃饭，到哪儿寻这么大的地方？吴宅！吴宅是这带最大的府第，明朝云南学政留下故居，楼台亭阁、厅堂花园占半条巷，不过早已让七十二家房客占住，好在轿厅及轿夫住房留作居民区办公用，就替换出来，但因年深日久靠近府院连接处经常漏雨，要搭大灶必须整修。房管所维修师傅看了多次都摇头，为啥？因偏梁虫蛀下塌，替换难度在倾斜度上。原来古代建筑讲究尊卑，抬轿的与坐轿主人房间高低错斜，就是这个陡差阻住，上面催得紧，居民主任急得跳脚，把已经合作化进木业社的外公请来。外公整整瞧了一天，让房管所拿来准备好的桁料，他用墨斗弹了根线，唤来马根按线劈削，站着看的房管所师傅担心好好的料搞坏。也难怪，因为有处外公是用夹在耳朵里的墨签改了弯度，这能行吗？外公不理，眼盯马根下落斧头，指着木纹，只许傍线，要求三斧就位！马根心发寒，呆怔，外公把他推开，自己上来，吐了口唾液在手掌中，抓起斧柄，在人们眨眼中闪出三瓣光滑的劈片，招呼马根和房管所人替换，好厉害，安放上去竟严丝合缝，盖上脊瓦再不见有水下来。大灶热气腾腾，进食堂用餐的都啧啧称奇墨斗佬好手艺。

外公是在一个下雨天不知怎么摔倒撒手离世的。

外婆比外公走得早，大舅收尸时摸外公腰内，一直不离身的墨斗不见了，是丢掉还是让人捡去，至今是个谜。二舅俏皮说，肯定老爸让墨斗留在人间分明曲直啊！

我因读过明代冯梦龙《山歌》："墨斗儿，手段高，能收能放，长便长，短便短，随你商量，来也正，去也正，毫无偏向，（本是个）直苗苗好性子，（休认作）黑漆漆歹心肠，你若有一线儿邪曲也，瞒不得他的谎。"联想小舅的大白话，一时体味出深意来。

（原载 2018 年 8 月 24 日《杭州日报·西湖副刊》，评为年度美文）

如意尖

　　坐510路公交上行线到双灵村委，进入西山游步道的和尚潭入口，就能见到新修的青石板台阶，抬头仰望，前面逶迤的山路尽头有个像平卧的"如意"形状的山顶，这就是杭州市郊最高峰"如意尖"岭了！海拔620米。如意尖顶峰是个平台，背后还有块小小的高丘，竖有电信铁塔。平台不大，远望像只如意的"笏"头，俗称"手板"，衔接起一条飘逸的山道，是如意的长柄钩，逶迤向南伸延，可达灵山洞。全程登越约25公里，需花3个多小时，若脚力差劲是难以酬愿的，但很多驴友喜欢结群上下，因为山景太秀丽迷人了。

　　我常常会发出呆想，仰视前面的如意尖，葱郁一片，为什么偏偏要缀上个"尖"字？是自然造化，但没有啊，分明顶端平展展地呈现，哪儿有峻岭峥嵘！而且，在它的脚下是富饶的田野，茂密的修竹，淙淙溪涧，粉墙黛瓦的农舍，热情的乡民，不远处还有黄公望森林公园和应景修建的休闲群落。生活是那样的平和安谧，很是如意啊，还要搁上"尖"。思来转去，都难以对应释然。

　　正好，山道边有个村落，我逛步进入，几个阿婆婶嫂在编竹筐，谈笑风生的碎语吸引了我，过去跟她们嗑话，问"尖"的来意。可热闹了，她们说是心尖的意思！更糊涂了，如意本义吉祥顺心，祝颂之话都把它和心相连，如"称心如意"之类，噢，要不这个"尖"指心头，心头与如意相连，确是最惬意的感受。有个阿婆瘪着嘴乐呵呵地与我打逗，你是蜜罐里长大的吧！你可不知道？其实我们老辈山农是尖着心盼如意，容易吗？

上了如意尖，气势雄伟的盘旋台阶连接着一个又一个的山峰绵延起伏，忽高忽下，时陡时缓，眼前的风光让人想起杨万里的古诗："一山放过一山拦"，这不更能激励不屈不挠攀登者的意志吗？而远处的西湖，常常会一露亮晶的笑靥，如同星星闪烁又像珠宝灼亮，隐约之中更加撩人心弦，伸脖探窥欲罢难休；转而北边，已如丝带般的江水，与云霞合色怯怯地隐隐匿匿地挑逗着，风来了，沙沙摇动绿枝带来水汽声息，让你情不自禁地放歌长啸？俄顷，那么"尖"哩？我始终揣着这个疑虑，也许太执意，也许是自己神经有恙，你琢磨什么？你寻思个啥？如此好的山野风光，不尽情享受瞎折腾！如意和尖，尖和如意，还真的矛盾相背？肯定有含义，还真是的！在山道转弯处，传来吭嚓吭嚓脚步声，相遇一个五十岁开外的巡山汉，一手拎着垃圾袋，一手拿着长拾钳，黄色背心醒目，和气地与我打招呼。我把卡在嘴口的字傻问，他展开黧黑多皱的面庞含笑对我说："不就是人心吗？你想，如意是用心尖体会的，但也难，能真正在尖尖心头搁得住如意，需要平和正中，要不一晃，就都不如意啦！"说完哼着山歌踏步而去。

这不是禅机吗？

红日西坠，山坡洒满金色的光辉，鸟雀扑翅返巢。归去吧。下得山来，村子炊烟缭绕，几辆簇新的小轿车停在宅外庭园里，新一代村民享受劳作后的家庭欢乐。我明白了，无论是过去的付出，还是现在的辛勤，都是生活的真谛，是先民所盼所祈所愿所求的寓意，那就是在平平淡淡生活之中永远保持心尖平和。

如意尖，你说是吗？

（原载 2012 年 12 月 5 日《杭州日报·西湖副刊》）

崔五伯

崔五伯安详地走了，劳碌了一辈子的他合上眼睛，偎依在钟爱一世的老槐树旁。渔网似的布满深黝皱褶的脸庞，在阳光的映照下，与苍老斑斓的树皮融为一体。邻居何妈啧啧叹惜，只差两天，崔五伯就活到九十岁了。

崔五伯在塘西小区是个人物。人长得并不高大，老了更佝偻背，还不时流涎水，可是嗓门子大，仍喜欢揽事，谁要是不小心开车擦碰路侧这棵老槐树，他会跳起来当场耍横。粗语碎词带着唾沫喷扫，就算是赔礼讨饶低头认错都要等他把肚盒子的子弹扫光才歇。崔五伯是行伍出身，非也；是离退休干部，不是；子女发了，有财有势，更没有。他独子孤身不败金刚一个。崔五伯曾是塘湖河摆渡工，是与塘湖河结了缘，一直就伴在这个塘西埠头边，不知何年何月在栽种的老槐树旁搭个棚屋蜗居，直到旧城改造，河道淹埋，小区楼宇耸立。

上溯千年曾繁华通达的这条塘湖河，是郊区连接西湖的水路。两岸绿荫丛丛，草木森森，植的最多的是槐树，大都经历上百年风雨，冠盖茂密，虬枝拂水。可是遭遇隆隆的挖掘机开进，大铁耙张牙挥舞，均纷纷截根断枝委倒在地狼藉一片。当机车正要碾向河西埠头这棵老槐树时，崔五伯突然冒出，上身赤膊，挺起精瘦的身躯，怒目圆睁，面朝司机大吼："不许动它，要掘就先从我身上碾过去！"整个工地都惊动了，作业工人、项目经理、辖区头头甚至市里有关部门领导先后来劝说，崔五伯强硬夹股站紧，双脚陷入泥土里如同桩基铁定不让，几个昼夜顽拒，牙缝里都渗出血腥。

咋办？面对这样个拼命的老汉，有知情的人讲，崔五伯与树太亲了，当年他渡船的缆绳早就与树共命了，家与树也相连一起，每一条枝杈都系着老人的心。附近围观的人七嘴八舌："不能太绝情，不就一棵树嘛，也给大家留点念想好不好？"领导犯难，让规划人员用矩镜测量，再对照图纸，终于点头。天未拂心，老槐树正好处在要建小区的路侧，只是位置略前移，无妨大碍，得悉这个结论，倔老头崔五伯人噗地瘫软了。

之后，崔五伯一直守候在老槐树旁，与当地耸起的幢幢新楼进出的人不同，他没有变，依旧灰衣布裤，最多夏天戴顶笠帽，冬天多扎件棉袍。树也没有变，春发秋落，浓荫匝地，枝枝叶叶依旧，多的是老汉呵护，不能让人碰。

但碰总是免不了的。虽然崔五伯舍命爱护老槐树的事，形成一种相继传递的自觉行为，问题是生活质量迅速提高，拿时髦的话来说是幸福来得太快。眼眨巴一下，小汽车日益增多，原来设计的路狭了，两边又都让车停满了。车长短不一，宽窄不同，新老司机驾驶水平悬殊。好了，就是一百个小心，隔几天总会发生擦碰老槐树的事。任你崔五伯喉管梗粗，跳起跳落，看到抹眼泪的后生或者嫩妹小嫂歉愧脸红，老人也只有叹气。不久，崔五伯改换方式，他主动向社区要了个红袖箍，胸前挂了个大哨子，指挥车辆。当年摆船渡河的架势又回来了。两只手似划桨，哨子像舵，身子若篙，顺从的车辆如艘艘进港的小舟，整齐划一停在地面黄线中。之后小区完善保安，崔五伯也列为之一，当然他年龄已大，算编外义务，却俨然是中心人物。中心人物的中心位置就在老槐树旁。一张罗圈藤椅上坐着个与日俱老的人，成为小区小巷的标志，驶近的会放慢速度，停泊时都自觉规范，崔五伯对塘西小区的秩序维护成为大家争相学习的榜样。

你不信，就到河西来看看。你肯定会见到，整个小区的巷里，只有这么棵老槐树，与众不同突兀存在。棕黑色的树干，长满硕硕块块的节

疤和青葱苔藓，它的虬枝还是面向早先河面方向，而方砖护坛内能见到些鲜花，这肯定是在悼念那位平常又普通的倔老头——崔五伯。

（原载 2014 年 4 月 1 日《杭州日报·西湖副刊》）

医者仁德

我与杭州中医院前身——广兴医院接触，缘于当年一起就读树范中学（杭九中前身）的初中同学许子春，他现已任桐庐中医院桐君药祖国医馆名誉馆长。

我们虽然同姓同级，但不在一个班，他文静内向，我好动不安分，同窗三年，两人基本没有说过话。想不到毕业十余年后的一天黄昏，我急火流星地去敲他家的门，当时还下着大雨。他家住在广兴巷，距广兴医院后门不远，记得是个老式墙门。我"嘭嘭"直捶大门，大声叫嚷，里面出来个清秀矍铄、两鬓苍白的老先生，和蔼地问，找谁？我语塞了，万万想不到自己以这样的方式与他父亲（名中医许仲凡）相遇，且知我正是来求许老先生帮助的，这也太莽撞和狼狈了。

"……我找同学许子春。"

"春儿不在，你是否有急事？来，到里面坐，慢慢说。"

来不及进去，拘谨结巴着说明来意：单位女同事王会计突发重病送广兴医院急症室，由于床位紧，怕上了年纪太虚弱出意外，想通过同学央求先生帮助的，让她住进去……

许仲凡先生与名医叶熙春、史沛堂、张硕甫、潘石侯等一起创办的广兴医院，他主持内科，更擅长妇科，但医院只有十多张床，我对自己提出的要求也感到太强人所难了！

许老先生没有回答，而是返回屋里，拿了把伞，蹚着路面石板泛起的水泡大步前走，当拐进医院后门，我才发现，老人竟穿着双居家的布

鞋，在灯光的映射下，一个个湿淋淋的脚印在木地板上洇散……

急诊室是在老式民房的一个前厅里。在我印象中，整个医院其实就是一栋大民宅，主人不知是何人，因为临庆春街的房屋曾做过货栈，经过简单装修，旧有的窗、椽、檩、檐都在，隔成大小房间，虽然陈旧，但很是整洁。王会计就躺在急诊室病床上，痛苦地呻吟着，她面色苍白，额上沁满密密细汗。许老先生挽起袖子搭了脉象，看了舌苔，撩开被单，轻抚肿胀的腹部，又翻了值班医生的病案。良久，许老先生向我招手到外面廊下，问："拖得这么久才来就诊？"

我说："平时她经常说胃疼倒杯热开水喝点，难道是患什么重病？"

"是宫瘿，已经晚了，扩散了。""瘿！？"我不懂，子春来了，他解释就是癌。

次日一早，我再次赶到，子春在他父亲的诊治室内见我摇手，我听见他父亲的声音，带着不满口吻和医院里的人说："我只知道是病人，没有阶级之分，有空床就要安排。"不一会，进来，脸上还有余愠，便开单交我去办住院手续了。

王会计住院几日，不好的消息时时传来，那天傍晚，我和几个女同事赶到医院，见许老先生和蔼地端坐在王会计病床头，王会计精神特别好，面向老先生在喁喁私语。子春把我拉到天井里悄悄说："回光返照。"女同事忍不住要哭，被我阻止，眼圈都憋得通红通红的。良久，许老先生出来，吩咐我们："她是个娴淑女人，以前是数学老师，过得不容易，人都应该获得尊重，让她体面离开吧。"女同事压制悲哀，匆忙拿来干净的衣衫，给已经陷入昏迷的王会计替换，还洗涤抹身，梳了个光洁的头。渐渐地，我看见王会计平静地阖眼，脸上竟然出现少有的红晕，是天井上空绚丽的晚霞透过窗棂映照的。

此时护工来了，把白床单徐徐覆上，许老先生和他儿子两人都俯身鞠躬向逝者告别。

我陡然理解了什么是医者仁德，什么叫大爱无疆！

如今的市中医院已经是楼宇成群，设备齐全，绿荫花径，名医云集。我每每经过，眼前都会浮现当年的情景，也常常步入。欣喜地看到忙碌的医护工作者，在他们热情亲切的面庞中，传承着上一代老中医仁德和大爱的精神，无愧为全国示范中医院的声誉。

（原载 2015 年 7 月 7 日《杭州日报》，并获杭州中医院征文比赛三等奖。）

熨领工

姑妈来电话跟我讲，姑爷爷已经住进医院，这次恐怕很难再出来。我知道，年逾九十的老人，近几年一直犯糊涂，他患的是肺气肿，长期积水未消，已有几次抢救，却顽强挺过来，这次说伴随高烧很凶险，我忙赶去看望。

姑爷爷是劳动模范，享受单独病房，病房不大，但很温馨，空调温度适宜。老人家是半卧在床，显然已经退烧，在挂吊针，一只枯瘦单手竟还捏着条衬领在一遍遍地抚平，衬领自然褶皱起伏。他赌气地噘着嘴，痴笑着，显出一副童心未泯的顽态。

姑爷爷性格平和温顺，喜欢讲趣话，经常标榜自己是领军（襟）人物！其实我们都知道，他这辈子其实只在一个岗位上，一生专做一件工作——熨烫，还不是整件衣服，仅是其中服装部件，服装也说大了，正确讲就是个熨烫衬衫领子的！你说憋屈不憋屈！可，姑爷爷就是凭这项技艺名声在外，当年在上海业内还小有名气，因照顾与其长期分离的姑奶奶，本市衬衣厂把他当宝贝似的请来，开的工资比厂长都大一截，在车间坐上横头，一派权威姿态！当年他对我们这样说的："职场中你们总听说过五领等级，金领、白领、粉领、灰领、蓝领，是按领子区分的啊！都是经过我的熨烫，我是不是领军（襟）人物啊！"姑奶奶在旁总讥笑道："吹吧，吹吧，你摸摸头上那个疤块，进裁缝铺当学徒笨得让师傅摇头，挨打少吗？最后只让你烫领子！"不过，说到这儿莞尔一笑，"呆人呆福，红帮裁缝挑人时独独认定他，带他到上海专烫衬领。"话闸打开，我们知道姑爷爷又要讲上海滩往事，人家如何指定要经过他整烫的衬衣，一次平。什么领上口、领下口、领外口、领座等等拗口名堂，还有推烫、注烫、托烫、侧烫、焖烫啰里啰唆的，反正在他眼里熨烫衬领可以在大学设专业课了！

姑爷爷家最显眼的是摆满各式熨斗，可谓新旧咸集，林林总总，其中最粗陋不堪的是燃木炭熨斗，完全是个铁砣砣装了个手柄，柄跟铁砣中间相距很远，肯定怕中孔里旺灼的火炭。比较好点是搁在炉子上烘热的熨斗，形态是尖头圆弧平底后座。再是一代代升级过来用电的熨斗，注意，词的分别，之前纯粹是烫，用高温按移让布褶皱被抚平，之后是保持一定温度施熨，并能自动喷水雾的那种……这些当然不是家庭用的小巧熨斗，都是体型大号工场使用的熨斗，总之姑爷爷喜欢收藏，不，不仅仅是收藏，他家里还有一包包不同质地不同色泽布料做的衬领，层层折叠存放，归拢包好，时不时，他会取出重复熨烫，且乐此不疲。当然这是在退休后，姑奶奶心痛的是电！但更心痛姑爷爷一根筋的傻劲，由于姑爷爷闭门单一重复的爱好，脑子渐渐迟钝，说话颠三倒四。不过，谈到熨领，眼睛会熠熠发亮。有次我拿了件时尚衬衣，翻开领跟他讲，现在都机器一次成型，老传统已成历史了！他虎起脸仔细瞧抚，说了句："没有魂！"啥意思，难道一定要经过人手才有精神！

想到件往事，记得首次市衫衣厂接到出口大单，量多时间紧要求高，姑爷爷不让人家沾手熨烫领子，那么多堆积如山成衣等待他熨烫领子后转下一道工序，听厂长说，你姑爷爷那个手真神，拿过来拎起放平一熨，瞬眼传递，比机器都快。姑爷爷足足三天两夜不休息，是拼着命干的，就是这一年，敲锣打鼓地送来劳模奖状，姑奶奶乐得呵呵直笑。

记得姑爷爷有个比喻，充满人生哲理，他讲孩子像未成型的衬领，需要家长熨烫，抚平褶皱，长大才光洁清亮，领正人就正啊！你说，因为他三句话不会离开领子，所以我们大都不经意让姑爷爷感染，与人初见会下意识注意穿的衣领，若皱着，或者立挺却斜歪，对角处高低错位，总会揣度他的性格，从而得出相处之道。但不全对吧！是不是陷入衣领

认人的"势利"。

但家教总是跟亲人间的职业有某种潜移默化的关系，我在内心很是崇拜姑爷爷，一个人一辈子就干一个活，而且乐此不疲，干出作为，做出成绩，受人尊敬，了不起。套现在热门话，姑爷爷应该算得上是"熨烫工匠"啊。

可惜，他到退休还只是个技工！

（原载 2019 年 4 月 19 日《杭州日报·悦览》）

神韵天马山

群山环抱的西湖有许多美丽俊秀的山谷，或大或小，深浅不一，形态迥异却个个翠绿青黛，岚气蒸腾，氤氲飘浮，如仙如幻般散逸在群芳众岭间，平添了天堂胜景深渺的意境；更有那丛丛茶树排列其间，淙淙溪涧伴着细漫小径，出没背着竹篓的山姑，抖动蝴蝶翅般的灵指，摘采片片翡翠玉叶，弹奏出清丽音符，传递梵乐神韵。原来山谷中蕴藏着生命之灵，西湖之魂，物华天宝，明珠璀璨，你不信，那么，就登上不远的天马山吧。

天马山不高，从龙井路双峰公交站下车，就能望见几个相连的绿坡，两旁是一垄垄枝叶摇曳的茶田，沿着中间整齐的石板斜径向上，途经闻名遐迩的中国茶叶博物馆，漫步在历代书法大师凿刻的几千年演变不同形体的"茶"字芳路上，融合着茶的浓烈芳香，进入绿荫蔽日丛林之中，踏上青苔阶石上去，能隐约听见脚下汽车穿梭的声息。此时你浑然不知，其实已经接近天马山尾了，它连接五老峰与吉庆山隧道，为现代杭城文明繁荣发力。

马头呢？山谷呢？它在哪儿？我已经开始挥汗了，为什么还不见骏容谷貌。

当然难窥，只有当几度弯曲攀上顶峰之时，有块巨石横卧，眼前豁然开朗，马首昂扬，山谷呈现。天马山山谷沟壑纵横，几座错落的山脊，刀削斧劈般垂直。十里琅珰棋盘山，突兀高耸的鹰嘴岩和钱塘第一高峰天门槛在此错落分割，天马疾奔遽止，刨蹄嘶叫，壑鸣雷动，狂风扑面，

使你默立，完全被壮观的气势所震撼。涌来的山，围裹的峰，葱葱郁郁，层林尽染，无数星星点点的色彩，在阳光下闪烁，锦缎般地袒呈。若有一比，那么此时此景会疑惑是不是又来到庐山的锦绣谷，可背倚嶙峋的仙人洞啊！是的。当你环顾转眸，东侧盈盈的湖面又是那么的贴近，近得可以弯身掬水，惶惑间疑惑怎的如此？原来都是浓烈稠密的茶丛相牵相连的啊！

再定眼，已经神注了。因为所见所感到漫山攀缠的葱绿茶树间，斑斓的色彩是辛勤劳动采茶山姑的衣衫，天马不是被山崖止步的，而是让人间生灵活动的姿色所依恋驻足的。天马谷更不会孤单，由此延伸，从陡峭的阶石走下，接着是闻名中外的狮峰，十八棵御封茶所在的龙井谷地，梅坞山谷的清香迎面扑来，舒婉弥漫，引人入深。

西湖青山群谷的神韵由此盎然。

一个装束诗人样游客打趣道："明白了，山谷是西子与青山梦魂之地，每皓月当空，雾岚迷漫，她们缱绻生息，才有天地之合的孕育。"大家都哄然哂笑。

你呢？还未醒悟？

神韵天马山，谷、茶、人、径、云、岚……多美多生动的画卷啊，它只是散逸在西湖群芳四岭众多山谷之一，已经让你品味出湖光山色的天籁底蕴。

（原载 2013 年 9 月 1 日《新西湖》杂志）

几卷毛票

　　我负责的电动车装配车间有两个"对鸡眼"，他们工位在上下传递操作台中，不时爆出埋怨和争吵。人的脾气和长相也相像。前工序毛头小伙子是四川人，个子虽高长得瘦弱，两只眼睛时不时瞳孔对住；同样当他对起双眸瞧后工序那位来自河南还带点稚气的青年会瞪出暴眼珠，结巴着喷唾液。每当俩人对上，我赶紧去劝阻，因为流水线上岗位其实是和机器一样在秒速运转，一对绊上拥塞就会喊声响起。都是计件的，谁不珍惜手中的活，白白丢掉时间，那就是钱啊。说实话，河南青年灵活度不及四川小伙，但他干的时间长不肯调换作打包工，当然也是为多赚点，这毕竟算是技术活，所以这两个伙计成了冤家，下班谁也不理谁。

　　这天中餐食堂有包子，河南青年贪的是面食，但他只买了两个走到免费汤盆用勺子捞着飘浮菜叶，让等在后面的四川小伙急火了。旁边喜欢开玩笑的工友围过来，其中一位扬着五个大馒头，另个手掌甩着好几张纸币毛票对河南青年说："中不中？五个全吃下，这一把钱都给你。"河南青年扔掉勺子梗转脖子问："真的？"还不等人回应，即抓过毛票，开始大口咬吃。很快五个都下肚了，但喉咙咳出的碎末都粘在憋红的脸颊上。"还有自己两个包子！"有人还在起哄，我实在看不过去阻拦，四川小伙嘟哝句："他啊，见到毛票眼睛都会出血的！"

　　问清，我才知道，河南青年下班还去捡些破烂，当然到手的都是些毛票，毛票掖着归自己，工资一分不少寄给老家父母。他不要钢镚儿，怕响，毛票可以扎卷，好藏。

不幸的事发生了。天热，四川小伙独自下到工厂不远的江里洗澡。他不谙这条江的脾气，有暗潮！他被涌动中疾速涨起的浪潮淹没，厂里组织人打捞许久才将遗体找到。远在乡下的父母闻讯赶来，哭天抢地。面对皮肤黧黑头发斑白哆嗦着的二老，我反复劝慰。他爹说："家里还住帐篷，他偏偏出了这桩事，让我们怎么是好？"大家才得知他家正在这次全国关注的地震区内，这让大家更是揪心。

开追悼会前，他老娘提出能否让儿子穿件体面衣服。

一直在旁红着眼陪同的河南青年开口讲："中，我听川哥说过，他念想自己有套西装礼服。"说完朝我看看。

我点头，他主动抢着自己去商店，理由是两个人"对鸡"这么长时间，他的尺码俺知道。当拿了钱转身离去。有工友私下说，他啊，还是为掖点毛票的。我生气瞪眼了。

但事情还真的恼，西装是商店派人送来的，他呢，没有影子！

当我再次看见他，是追悼会散时，他是站在后排抹眼泪，见到我，把购西服的发票和零钱交给我，还拎着黑塑料袋，鼓鼓囊囊的不知什么东西？

他解释说："不是说一起捐点款吗，川哥家二老太不容易了。"

是的，大家约定，追悼会后由我将车间工友自发捐的款转交二老，他这么大一袋，难道都是钱？

他蹲在地上，费力地解开塑料袋，眼前露出一卷卷捆扎好的毛票，多的是壹分，伍分，壹角，贰角，还夹着伍角的，不少沾着油腻，满满当当地摊了一地，都是钱！四周工友围过来：小子，你全捐了，自己不留点？

"俺，只有这点心意，头儿麻烦你去银行换换。"说着还尴尬地搓搓手。

我扭转身，一股热流涌上，眼眶潮湿了。

空中正好飞翔一群白鸽，鸽哨在蓝天白云中清脆响起……

（原载 2013 年第 2 期《美丽洲》）

黑人夸科

我和夸科（Quacq）是十多年前在广交会上认识的。当时我正忙着应付各地外商，有位高高个子的人横斜过来，拉起我的手就往"125D"劲豹骑士款样车车位上拽，动作粗蛮，无忌他人。我懊恼瞪眼，一瞧，是一张在会展中穿梭往来的普普通通的黑人的脸，颗颗粒粒的疣刺布在脸上，嘴唇血红宽阔，颧骨突出，好在一双乌眸透出清澈无邪的光泽，多少掩盖了些许凶相。糟糕的是，他不会用英语，汉语一窍不通，叽里呱啦让人一头雾水。

他性子急，见我茫然，抢过纸笔画画。懂了，原来要下单。天哪，为了价格竟磨蹭整整半天，我俩反复摁计算机，终于谈定，签合同时落国名"布基纳法索"。陌生，我忙翻地图，他等不及用黑食指过来一按，整个国家全就遮掩啦。这么小！在非洲西部，内陆国家，远离大西洋。我怕有错，赶紧写明是离岸付讫。他不高兴，孩子似吐出舌头，拍胸，跺脚，夸张地瞪眼，出示护照，哇哇哇。没门。见我丝毫不让，露出洁白牙齿笑了，最后吐出清晰的OK，然后吃力地描出两个弯扭七八的汉字"夸科"，指指台历星期六，意思是他姓名和字母的含义。

好记。还人若其名，"夸"还真个"苛"（小儿科）。来厂检货装箱，长腿不停歇移动，脊背上下俯仰，天热，裸露的皮肤汗珠颗颗滚落。56辆，颜色七八种，保修备件索要不少。临毕，他倒腾出一批塑料拖鞋，大大小小央求帮塞进箱体。这不是夹带走私吗！他不管，摇摇车体意思是防震。唉，无非借此赚点便宜。争嚷无用，我阐明通关出事责任他自

己担。

此后，我们自然成了朋友。慢慢地他会说些简单的汉语，疙瘩的英文吐出来至少意思明了，交谈签单更快了。其实他"鬼"得很，脑袋像螺旋形卷发一样曲绕迂回，无师自通，生意延伸开去，小车小商品、服饰、五金工具、日常百货，越做越大，不久听说在义乌常住下来。几年后他摩托车不进了，长时间疏远，没了联系。

一晃十几年，我退休回到杭州。

有天拂晓，沿曙光路正要拐进斜道上宝石山晨练，迎面撞见一位黑人从街口出来，夸科！他热情地"哇塞"，又拥抱又拉手又拍肩，还夸张地贴脸。我挣脱后退几步。哟！几年不见，精神了。黧黑的面庞油光溢彩，阿玛尼米色碎花T恤衫配笔挺的彼蒂西裤，鳄鱼皮带，VC尖靴，还煞有其事地戴副珐琅金丝眼镜，腕上不伦不类地戴个玉镯，另只手缠着楠木细珠，手握iPhone6。我瘪瘪嘴嘟哝，人模人样了！他爽朗大笑，拇指翘翘，夸我精神好，老当益壮！汉语流畅，俚语随口而出："抬轿吹喇叭，一赶一个巧，派对还未散，要不凑热闹，一起进去喝杯。"

大清早吃酒？我摇摇头。他不管，拉起往里街走。不远有个普通门面的屋，紧挨山坡，触目的是墙上有幅线画，简约粗犷，让人联想起非洲洞穴图案。画上有个潇洒青年，昂首扬天，四肢飞翔，头上的螺旋卷发冒出许多圈圈泡泡，直冲蓝天白云，仔细辨认是英文Coffee。

"同事的休闲会所，不对外，心致高远，是不是？"

已经会引经据典，士别三日当刮目相看了。

一群黑人，散漫地坐在简陋的粗桌椅边，红酒、可乐、生啤、吸管、盆食，林林总总。音响放着爵士乐，灯光闪烁，几个舞动的身形热情地朝我围转旋步，尴尬间，有本地姑娘和小伙来招呼，才让过气的老头子摆脱尴尬。

夸科指指姑娘、小伙说，我儿子的大学同学。喏，就是端杯过来的臭小子。什么臭小子，长得帅气健硕，彬彬有礼叫了一声老爷子！

"你不是在义乌，怎么会聚闹在这里？"我问。

"我们杭州人啊，早都购屋定居了，离儿子读的浙工大不远，连排。"他答。

"爱人一起？"

"不，她在义乌，有个小公司，生意忙，两个女儿在那边住校读中小学。"

"还忙，通宵玩，大太阳都出来了。"我顺手指了指窗外。

夸科耸耸肩："昨天周末，陪儿子放松，杭州有我们黑人圈子，不少在这里安家做生意打工创业，我们喜欢乐，在这里分享中国梦，不，也是我们的非洲梦。"

（原载 2016 年 3 月 3 日《杭州日报》副刊）

馨

　　景逸民对"馨"字情有独钟，常常顺手就会挥洒写下这个字。他本是饶有名气的书法家，兼任省书法协会的副会长，其墨宝已经有价让人收藏，但他自己总是谦逊地说，涂鸦，不是字，而是人！有三分道理，因为他毕业名校中文系，进单位当过秘书，后下海开发房地产属于先富起来的成功人士，又适时退出商海移民加拿大，却常居国内，热心参加众多社会公益事业，尤其是倡导组织起中华孝文化协会，被选为第一任会长。他慷慨地把大把钱散向民间，能不受人尊仰？字是随人品位立世。景逸民不同之处，除自己是名流富商公众人物外，从小在严父教导下描红始练字一直未辍，又经诸多大家点拨，功底厚实，富有个性，尤其拿手的这个"馨"字，及与相匹配书写的词，如横幅"德馨""宁馨""惟馨""馨逸""馨烈"……条幅"昭其馨香""惟吾德馨""黍稷非馨，明德惟馨""尔酒既清，尔淆既馨"等，正、草、隶、篆、行书，张张字字珠润瑰丽气势磅礴，不过更卓越的是颜体正楷，端庄凝重，观赏时会面有阵阵香气和声韵扑面而来！

　　声韵？是的。

　　仅是字的结构吗？左声右殳下香音 xīn，常人赞赏的是此字笔画多，写得紧凑严谨，景逸民听后颔首微笑，内心却波涛起伏。这声韵是自己深蕴其间的情感会应字而血脉湍流，耳边回响起家乡山水田畴以及唯有此处产生出来的那种缠绵委婉悲喜的曲调声，同时带有难以排解的自责和愧疚的幽韵。

人的一生都有悔痛和遗憾，景逸民更是感慨万千。他从小出生在浙东山区，老爸是大队小学的校长、民办老师兼护林员。其实就是一个人，在山窝破祠堂里，十几个身着旧衣烂衫的孩子挤在一起分年级教学。母亲操劳三兄妹及学校后勤。没有工资，年总计工分换口粮，虽然生活很是清苦，但一家人和睦安贫，日子过得有滋有味。每当空闲夜晚，能拉一手二胡的父亲，会拨三弦的哥哥，伴随轻哦浅唱的母亲和边抹鼻涕边学曲的小妹，在月光屋外坡地上自娱。远处夜色下那条泛起清光的剡江，黑黢黢的秀尖山，丛丛林木、层层梯田好像都在聆听。可他自己却五音不全，只会用两块竹片子笃笃地敲打，时不时搅乱场面，增添朗朗糗笑。作为从山旮里出来成才的小子，自从考进京城名校后，勤勉争强，一步步从班干部、学生会干事之后进入北方政府办直至迁升副省长秘书，其间很少回家，父母体谅，兄妹理解，虽常以书信电话通信，可是在父母前后离世都未能送行。老父病危自己在工作第一线，母亲抢救正好跟领导出国考察。下海经商钱止不住哇啦啦进来，时间却让大红的钞票填得满满当当，那是真忙！有钱改变了其兄妹两家生活，都住进市区大宅，小辈均安置了稳定的工作，不过老房子他没有动，修葺好一直存在着，每每回国自己都会去住上一阵子，今天景逸民就起居在这里。

山风习习，林梢飒飒，清亮的剡江在天际线下流淌，只是多了不少锯齿般的高楼大厦影形，夜晚会射映栏栅灯光。徘徊在坡地场院，耳边回荡终身消不退的弦乐声响，这时"馨"字会情不自禁地浮现，包括书写各种舒展的笔画。景逸民对此经常联想和揣摩，出自这块秀丽山水的曲调现在早已成为风靡神州甚至远扬海外的音乐，列属国内第二大剧种——越剧，其实内涵底蕴依然是极其简朴的乡音：劳作中唤呼和竹木具碰击，委婉悠转妇女娇嗲的嬉闹，舢舟橹杆发出吱吱的欸乃声等，其间无论是念白或唱腔，景逸民总能从中捕捉到最动人心弦"爹娘啊……"的拖腔声韵，抖擞最敏感的神经，禁不住溢出盈盈泪花。他跑过许多地方，接触观看过各地的剧种演出，也听过无数民间小调，包括国外，甚至在世界名曲里，一样能意会到这最动人和传神的音符，"爹娘啊……"悠长拖音旋律。这绝不是自己主观，应该人类共同的情感所抒吧。

"馨"形象就如此地驻留，此字的"殳"是劳作、"声"是劳动时发出的音调、结合"香"一起，就引申无限的美，化为天地人合一的芬芳，传递出世间大爱和舐犊深情。因此，景逸民常会对此字默然长思，从而生发厚重的"孝"感，愧疚挥之不去！

他要履行"孝"，"爹娘啊……"人之根本，世故德馨，推向社会。

这次回乡是应市孝文化分会的邀请参加崇孝表彰活动，树立和授奖新一代传承孝义的模范人物，自己做一次专题演讲。兄长接他时告知市领导都来参加的，要他不要再回到山里旧屋，入住宾馆或自己家，这样次日不用起早赶来。景逸民还是婉拒了，也不让哥妹陪同，他贪恋的就是一个人，排除纷杂静静地待在老屋让思绪展开翅膀飞翔。把情感与现实结合蓄积，从而明日更能由衷地挥发孝义之大理，显现声情并茂的效果。

父母的坟筑在老屋旁，没有多大改变，只是将原土茔底基铺排块石整修牢固，前面浇了水泥地，上面是艾艾青草。现在，他蹲踞在坟前，清凉的风习习吹来，月光水泻般洒下，有树梢拂动，虫蚤鸣啼，朦胧中出现二老琴瑟和唱的画面，百善孝为先，珠泪湿襟，景逸民真想自己仿学古人，在此结庐补偿三年陪伴地下的双亲。

岁月不再，夜深后他进入屋内，和衣睡下，倦意很快袭起，直到红日破晓，他匆忙在山溪涧洗漱，急步抢下，驾驶宝蓝色宝马车，直接驶向会场。

会场已经挤挤挨挨坐满，兄妹正延颈盼望，拐进台后嘉宾接待处，分管副市长和几个部门高官已经在了，彼此相识，景逸民上前握手，谦逊地叨扰声迟了。分会会长是个年长的白脸男子，排辈分比他高，但仍客气地叫景主任并让座。按照会议程序，民政局局长先讲话，而后是景逸民做专题演说，接下来是表彰模范人物，市领导授牌，最后是文艺演出。

对于宣讲孝文化，景逸民已经烂熟心中，无须稿子，可谓张口即来，加上昨夜故屋所积的情感，更是有种喷薄欲出的快意。

下面坐着的人上望，台上的景逸民，一身唐装，上裳圆领盘扣碎花浅紫衫，下着褐色统径长裤，梳得涓光的倒背黑发，衬托出光滑饱满的额头，眉清目朗，倜傥儒雅。当轰动的掌声后，他洪亮略带当地口音的普通话开闸般汩汩而来，表达由浅入深，晓之以理，动之以情，加上有适度的肢体动作，如同虹吸把整个会场所有声息都纳入自己的演说中：

"……中华文明源远流长，孝亲敬老是其重要内容，更是做人做事成就完美人生的基础和根本。弘扬传统文化，净化人心，提高人的素质品位，构建文明有序的和谐社会和生活环境，都离不开孝亲敬老的提倡和培养。百行孝为先，孝为功德母。常人说'羊有跪乳之恩，牛有舐犊之情'，敦伦尽分，赡养老人是天经地义之事。是人伦道德的良性物质循环，是对生命的滋养和巩固，是人类美德善良的延伸，也是人类生活中最基本的行为，生命大书中最有光泽的一页。"

景逸民一口气用五个"是"，反诘式的口吻层层深入，让几百双眼睛都闪出光泽，效果激起。他停顿须臾，喝了口茶，又语音昂扬接着说："滴水之恩，当以涌泉相报。一个新的生命，从母亲孕育到诞生，从成长到成才，父母劳心费神，含辛茹苦，付出了大量的心血和汗水，所以父母爱高如山，深似海，儿女们纵使将全部财富贡献出来，也难以报答父母的大德恩情。对父母善则根壮叶茂，否则根断树枯。得道多助，平安常在，这些道理人人都懂，人人都能理解。"

通俗话后，必要的引经述故是景逸民经常演讲中所用，今天面对的大多是普通群众，他略作了压减，还准备PPT模本，让人把台背荧屏亮开，映出个大大的"孝"字。景逸民指着说："'孝'字，大家看，就这么几笔几画，却蕴含着很深的人生哲理和思想内涵，可以讲，'孝'是人类文明的种子，'孝'是摆脱蒙昧所示。从字形的演变更能生动理解。"画面切换，列出几个不同形体的"孝"字形，景逸民指道："这是古人所画的'孝'，会意字，从老从子，承上启下。大家看是不是这样？儿时老子拉着儿子，老迈时，儿子搀扶着老子，多么简朴生动！"景逸民转到另一边点指讲："这是最早出现在周代铭文中的'孝'字，由甲骨文中披发、偻背的'老'字，省去下部的拐杖，代之以酷似大头娃娃的'子'字，字就像是一个孩子用头承扶着一个老人，表示子女奉养父母的意思，所以说我们祖先很通俗又明白地说清，'孝'，即是善事父母者，从老省，

从子，子承老也。"如此生动富有意义的画面，结合浅白讲解，再点明其内涵，掌声轰鸣响起。

景逸民鞠躬表示谢意，很快头一仰，把散在前面的长发有力捋上，双目炯炯，声调柔软，讲起圣人孔子的故事："大家都知道两千多年前我国有个伟大的人物孔子，他不仅是弘扬中华文化的大家，同时也是一位尊老孝亲的楷模。孔子三岁丧父，母亲含辛茹苦把他养大，母亲去世后，他为寻找父亲的棺葬，长跪在地涕泣求问，终于感动一位路人，在路人的指引下，才使其父母合葬一处。"接着又延续下去："在孔子众多的门徒中，曾子是以孝著称的一位，史料记载，曾子孝于父母，'昏定晨省，调寒温，适轻重，勉之于糜粥之间，行之于衽席之上'。"景逸民对荧屏上同时出现的古文做了通俗解释，"什么是昏定晨省？昏是指晚上，晨是讲早上，说的是晚上要照料父母安睡，早上起来要向父母问安的意思，是对老人生活关怀嘘寒问暖，不让他们受凉或中暑，饮食荤素结合，口味清淡。可见，曾子在生活的方方面面对父母是无微不至的。"

此时背景切换，上面出三组配有绘图词："能养""不辱""尊敬"并立体为三个不同层次。景逸民由此说开："'能养'是最低层次，即在衣食上养活父母是物质层面；'不辱''尊敬'是精神层次，孝心都是建立在内心对父母依顺的基础上。可见，孝的本质是爱，是一种本性和自然流露，是一种实实在在的行为。"荧屏再次变化，此时景逸民作了较长停顿，他目光扫射，双手抚案，情绪激动，直指时弊："在孝敬老人问题上，一般有三种情况出现，即真孝顺，假孝顺和不孝顺。真孝顺者，敢把自己的心掏给父母，能经常与父母沟通，做事情时，常常心系父母，能在自己能力所及范围内，尽心尽情，尽职尽力，在生活的方方面面给予父母无微不至的关怀和照顾。尽量让老人心情舒畅，生活在无忧无虑之中，并能无条件包容老人的缺点和过错。假孝顺者，就是逢场作戏，装给别人看的晚辈，那些人骨子里不孝顺，却又善于卖弄，玩假把戏的行为。这种人阳奉阴违，当众一套，背后一套。老人活的时候，不去用真正的爱心关心照顾，死后又上坟烧纸，又立碑写传，甚至对着人捶胸顿足，哭得死去活来，这一套假把戏却蒙得众人眼热。更有少数人，干脆撕掉一切伪装，对父母横打竖骂，百般虐待，情愿背上'逆子'的名声臭名远扬，而厚着脸皮勉强活人！在当今生活中，也有不尽人意的事情发生，有的人道德观念比较淡薄，人伦常情日渐沦丧，极个别的没有做到孝亲敬老责任，不仅不赡养父母，甚至虐待父母……其实，报父母养育之恩，就是报天下第一大恩，不孝敬老人，不仅违背了人之常情，更重要的是失去了人类的良知良心和德行德性，这是非常可悲的。有人总结得很好：孝心是生命中的一缕阳光，是生活中流淌的一泓清泉，孝心的内涵，德和恭敬，孝能感天动地，能给社会带来和谐，给家庭带来祥瑞。常存孝亲尽分之心益人益智，还能积福增慧，培植功德。"他情不自禁地朗诵起著名诗人雪鸿的诗句：

> 孝是天空一轮月，给灵魂以宁静；
> 孝是人间圆满爱，给生命以意义；
> 孝是对父母养育之恩的自然回报；
> 孝是对祖先生命根源的无限追思……

荧屏上出现一个他书写的"馨"字，乐声轻起，这是一首人们熟悉的曲调，"孝演化平和馨香""爹娘啊……"的委婉之音，在会场上空回荡，听众的掌声如刿江浪涛激涌。景逸民面对家乡父老，自己也完全融进孝感的意境之中，久久不能平息。分会会长上来做了个"请"的姿态，景逸民才醒悟，他频频弯腰对听众报以热情感谢，随分会会长走下台，一起坐在前排椅上。场内乐声变了，是众所熟悉庆典会上那首激昂的进行曲。

主持人开始宣读名单，此时，景逸民才发现在自己身后一排，坐着十几个戴大红花的"孝子"模范，开始按台上所提名的顺序前后上去。这样的场面景逸民看得太多了，他视线淡瞄出现的人和荧屏上介绍的事迹。倏地，景逸民本已平静下来的心竟骤然惊悚，血液急速湍流，双眸圆睁，是她们！会不会错，再看，下面已经掌声响起，多少张嘴唇发出啧啧之声，景逸民懊悔，他怎么会如此迟钝，无论当时在台上面对观众

演讲，下来与他们相坐前后，如此异常的一对母子，肯定与现在站在台上一样，背缚。至少相抱，不！肯定只能背缚，一个身材如此瘦弱，但目光倔强的小伙子，身后背着个满脸褶皱但梳洗清爽的老妇。而老妇两只带有微黄的瞳仁上，利剑样地射出坚韧的目光。景逸民被刺痛了，不觉脱口"唷"的一声。分会会长敏感地转过身在他耳边介绍：不容易啊，这个儿子孝德事迹太感人了，你瞧上面的介绍，自从母亲工伤后，父亲消失，他当年还是个学生，竟毅然辍学，挑起一家担子，先是在医院里护理母亲，后来是背着母亲坚持上学直到考上职高。他的事迹感动了我市一家领带厂老板，特招进工厂安排工作，每天仍是这样背缚已经全身不遂的母亲上下班，从没有怨言。小伙子不愿让人怜悯，很是坚强。这次，原本他不愿意来，这孩子心太重，但话讲得却特生动，儿子服侍照料生母这很正常，他不觉得自己有什么高尚，老板已经给住房给工资，同事都很热心关怀，社会上也给予各种照顾，不能再要这样的荣誉！是分管市长和老板说服了才来的！

景逸民的思路已经奔驰到十几年前的北方工地，当时的场面开始急速回放，但在他记忆中，事情应该处理好了，住进医院并派了护理，又加倍赔补，咋地后来会如此结局？当年这孩子确实很小，还挂着红领巾，与父亲一起在医院抢救室前嘤嘤哭泣。他父亲是个面相忠厚的板寸头中年男子，是不是后来见妻瘫痪，得到大笔钱，良心迷糊做出弃妻抛子禽兽不如的事？

哦！惨痛啊，景逸民记起来了，分会会长说此女人丈夫的"消失"作孽应该在自己，当然，现在开始咬噬他良知的是面对的后果！

景逸民见到此女人受伤时自己已经下海经商。

那是个位于市中心区的工厂，门口那块市汽车运输设备厂厂牌歪斜着，纵目望去，里面有不少高低排列的车间，人字形的仓库及几幢办公楼房，架在空旷场地上有林立的起重设备，纵横宽窄的通道两旁是浓郁的常青树，以及草甸花圃，但都已枝碎叶掉。只有铸造车间那座高耸粗陋的烟囱可以显示出当年火热的场面。整个占地约有五公顷多的市属国有企业，如今却在尘土飞扬中，无数台挖掘机噪声中，露出正要搬迁的样子。一群挥汗登高的民工正在拆卸梁桁，连接处硬是用焊火熔化，或用大锤抡击，碎屑雨淋般地落在下面拣拾钢筋废铁的女工中。景逸民见工人们如此不顾安全，甚至连最起码的防护用具都不用，担心地跟同来人讲要注意工人们的安全，话还没有说完，大门口拥进无数人来。负责拆卸的包工头赶来，相互一阵争执。听清了是这个厂的老工人，他们并不是来干扰阻止，而是对曾经付出青春和汗水的地方怀着深深的留念，围绕已经掀了顶的陈列室内一辆130四轮货车感叹，有人还带来照相机，一个个作姿摆相。陪同者对景逸民说，当年，就是这些工人硬是用手工敲打拼装出我省第一辆自制汽车，登上《人民日报》成为这个厂的骄傲。要是市里有工业发展展览馆肯定会把它作为历史文物收藏的。景逸民不由感叹起来，是啊，能理解，而后恐怕只有在照片中怀念了。此时同来的人向远处指指，景逸民朝他示意的方向看，是一排公寓房，与厂区毗邻，无数个开启的窗口有伸出头脸的男女在观望。"这是厂宿舍，也列在拆迁范畴中，住户上百家，虽然已经安排郊区住宅，但都不愿意搬，况且，下岗已经埋下积怨，唉，是个难啃的硬骨头。"陪同者诉说。

"多给些优惠待遇？"景逸民提议。

"市里有统一标准，能突破吗？再说，你能优惠多少？人心是不满足的，如果口子一开，恐怕更动迁不了了。"陪同者显然经历过。

"我看不会吧，你瞧进来的工人，只是怀念那辆荣誉汽车，并没有对失去的厂有过激行为。"

"这是他们的觉悟，都是受党教育多年的，更是明白，国企改制全市开展，劳动局对下岗职工作了相应安置，对超年龄的工人虽然买断工龄折合成补偿金，但养老保险仍然保留缴纳的。这些工作多年的其实大多从来没有一次性拿几万元补偿金的，钱到手，气自然就顺了。但难的是让他们搬家，离开市区分散住到城郊，都舍不得撤走，尤其是女人们，哭天抹泪每天都在闹。"

"回迁！愿意搬走的一次性安排，不愿意的，让他们过渡几年，新区造好了回来……"景逸民还没有说完，陪同者笑说："这里规划将建高档写字楼，五星级宾馆和与之配套的高楼商品房，住的人都不一般了，

他们能出这笔大钱回来？光物业费恐怕就受不了。这是市里招商引资的样板项目。"

正当暗忖间，猛然听到惨烈的号叫声，景逸民回身看，只见许多民工上去在抢救被屋梁水泥砼砸下来受伤的人，其中有个沾满灰尘的板寸头中年男子特别焦急，闷哑的嗓子在狂吼："娟子，你醒醒，你不能这样啊！"此时伤者已经被人们从陷进的块渣中挖出，几个人抬着她往外奔，景逸民看见，女人头背鲜血淋淋，脸色苍白，只有嘴在哆嗦。不久急救车驶来，中年男子随担架挤上车，呼啸而去。包工头在训斥已经吓得呆木的领班："谁让她进来的，只顾捡连命都不要了！"领班嗫嚅说："人手不够，阿海让她老婆来当普工，不是说，钢筋等都要，所以……""所以个屁！"包工头上前一个巴掌，领班护着脸不知所措，迟疑会儿，跨上辆电动车奔出。

景逸民揪心，他与陪同者说去医院看看。

到了医院，人已经送进急救室，板寸头中年男子蹲在地上号啕，不停地呢喃："孩子小，你不能走的，不能走的……"领班来了，他把这家的孩子也带来了，孩子对着抢救室的门叫："妈妈，妈妈……"

景逸民与陪同者不忍看了，他们找科室主任问，主任说："很危险，脑部伤得很重，脊背许多处断裂，若能保住命，最好的结果是全身瘫痪，生活不能自理。"

二人出来，见孩子已经叫得失声了，缩在父亲旁边，嘤嘤抽噎，垂在胸前的红领巾全是斑斑泪痕。抢救室的门仍然冷冰冰地紧闭着。景逸民知道结果后，让负责地块部门派人护理，交代赔补双倍的钱。

此时，自己现在的富与台上男子的孝，强烈反差，景逸民怀疑起前面文采飞扬引人入胜的演讲，是隐藏在内心不安的掩饰，是种作秀的伎俩，包括对父母长期的愧疚！

会场寂静，空气仿佛凝固，几百双眼睛专注台上母子，主持人手持话筒在启发儿子，得到的仅仅是几个简朴词语，当主持人问："对父亲的离去你恨吗？"儿子摇摇头表示否定？主持人代替他答："不恨。"儿子点头竟说："我深爱自己的父亲，他一直在我心中，是他给我希望和力量，父母生养了我，我应该感恩报答，永远没有恨的。"

台下轰动，热烈的掌声把气氛推向高潮，景逸民听到的却是整个会场回荡的"爹娘啊……"的巨大声响，澎湃激昂压制不住冲动，他毅然站立，高高扬起手，未等主持人反应，即大踏步跨到台上，先深深地向站立的孝德人物鞠躬，然后是紧紧拉住那位孝子的手，把他们母子引到前台，大声说："我个人提议，出资两千万，成立以此为名的专项孝德资金，以表示诚心和愧疚！"

"愧疚！"台下一片议论，此时分会长已经上台，他赶紧作解释，"景会长说的愧疚，讲的是我们社会在倡导孝义方面还存在许多不足，这对母子，还有今天获得荣誉的模范人物，都是我们学习的榜样，我代表中华孝文化分会，接受景会长个人捐款，并以此母子名义作专项资金，以扶助和支持这项社会公德的事业！"

荧幕背景出现"德昭馨香"四个浓墨大字，乐声随之漫起。

又坐在下面的景逸民，在观看歌舞升平的演出中，面对不断变幻的后台背景，那条平淌泛银光的剡江，两岸田野青山始终在画轴中映现，委婉甜美的曲调，悠长清亮的拖音，唱出对生活的热爱和追求，"爹娘啊……"的韵律，盘旋环绕，把自己感赋的"馨"字一次次放大，放大。在鼓乐奏鸣中，有种顿悟油然而生，知道真正的付出，其实是种救赎。那么，自己达到这样的境界焉？羞赧，泪水竟再次模糊，他知道也许永远背负着，但绝不是十字架，而是对善良民心的趋同……

（原载 2016 年 12 月 10 日《作家世界》）

登遍西湖群山　襟怀天下秀色

综观全球著名的湖光山色，很少能有像西湖这样与群山一体的自然风光。她有自己独特的人文史迹、神话传说、丰富物产及地貌结构，更有湖和山长期相厮相守中，一年四季阴晴圆缺所显现出那种令人缠绵悱恻的意韵，令人常常感叹她是大自然馈赠的奇瑰。是的，古人将西湖比作西子美女，则围绕她的连绵青山完全像痴迷的情郎，忠诚呵护，岚黛拂照，娇宠出如此旖旎的姿色。

有山即有林，有林即有水，有水叮叮咚咚的溪涧不息地弹唱，山径小道曲折盘旋，崖壁峭岭高低错落，只要举足登临，很快就进入诗意画境。有趣的是，西湖群山有众多芳名，如吉庆、九曜、天马、月桂、凤凰、棋盘、灵鹫、屏峰……不仅形象峻秀，那绿波荡漾所飒飒的声息，完全像乐章中的音符，让你挥汗中谛听，探索中破解。是啊！谁肯在美人眼里作屠汉！哪个会窈窕面前怯羸弱。勤劳的山民不用说了，千百年来正是他们代代相传的付出，才有这层峦叠嶂的茶园翠竹，荷桂飘香。宋代杨万里"晓出净慈寺送林子方"描绘"毕竟西湖六月中，风光不与四时同，接天莲叶无穷碧，映日荷花别样红"，仿佛至今尚听到南屏晚钟在青山绿水间经久回荡。告诉你，如果能沉湎忘我，登山去吧，尤其是众多迷人的古道，你在不经意间会叨念"乾隆""豆腐皮""上香""琅珰""天门槛"等。

数据记载，围绕西湖冠名的山108座，有趣的是，群山分里外两层。里层的云山三面紧围西湖，以人们熟知高插云层的南北双峰为中轴。若是站立在湖滨岸堤上瞻望，沿天际线不同距离所泛出的山，全都拱卫南北两峰，在秀湖的映照下美不胜收。难怪晚唐"最忆是杭州"的大文豪白居易留恋长叹；清陈糜吟诗曰："南北高峰高插天，两峰相对不相连。晚来新雨湖中过，一片痴心锁二尖。"其实里层最高山是天竺岭，海拔420米。外层青山是渐渐铺展开去的，十里龙脊串联，即呈现出老和山到宋城的景观带。外层众山比内层高，海拔620米的如意尖最为陡峭。虽然文化积淀和古迹遗址没有里层丰富，但有午潮山、老焦山、龙门坎，里外桐坞等也留存不少典故逸事，尤为在外层绵延的西端山下，蕴有总长1200米，面积9200米的风水洞，彰显出西湖群山另一处的壮观。

　　早先，西湖的山路大多是野路，只有近湖一些地方修建了石级坡道或是村民进出铺筑的卵石小路，但大都简陋。新中国成立后，尤其是近年西湖申遗，政府重视全民健身，不仅完全修整了沿湖的山径道路，而且将外围群山通道，全部铺就青石台阶，总长108.9公里！工程浩大壮观，吸引无数爱好登山的人乐此不疲的攀临，节假日总能见到一批批身背囊包，手持登山杖，呼朋唤友地来此运动；来杭工作学习喜欢登山的国际友人也常常呼哧哧地在山道上跑越。近年来，自行车越野运动兴起，在十里琅珰及龙山脊背道都有骑行者留下的身影，健壮的体魄显示出他们的青春活力。

　　那么安享晚年的杭州老人们呢？须知他们大多是从小钻山玩耍长大的，熟悉西湖群山寻趣的意味，如今更把爬山作为锻炼养生休闲。无论早晚，总能见到鹤发男女，或相聚山亭中闲聊，或吸腹吐纳、太极八卦，或使剑舞扇、讴歌唱戏，或拎鸟弈棋、品茗牌乐，整个湖山洋溢着甜美幸福的画面。朝暾初上老人们相遇时，会道一句："来了就好。"这简单朴实的话，源起铁路退休九旬老人之口，他精神矍铄，每天晨起登山到亭中，见人就说，成为此互相亲切的问候。是啊，来了，人与山形，乃"仙"字矣！

　　朋友，去登山吧！

（原载 2016 年 8 月 21 日《都市快报》）

憨野老焦山

　　杭州国家级西山森林公园有一处充满憨野的山岭——老焦山。老焦山是连接午潮山白龙潭龙门坎等风景区的制高点，可以从桐坞村上去。有两条山路攀登，里桐坞和外桐坞。里桐坞上山路陡，近千个台阶直上稍有间歇；外桐坞道舒缓，漫坡小径渐递伸展，伴着淙淙溪水，不知不觉到了山头，然而还须再翻个坡才能看见里外两条路相交的憨云亭。

　　好一个"憨"字！当我站立四顾，心中又会涌起"野"字。看，眼前一片峦石嶙峋，刀劈斧砍的赤赭岩崖，加上几块硕大的顽石，排阵似的耸立在西去通往小和山的豁口，色泽焦褐，坦荡裸露，天然蛮荒，充满野性。风徐徐地自下吹来，雾岚升腾散溢。探身窥视，悬梯似的山道全是天然焦石错落挤挨，两边有铁索护链在叮当作响。路弯曲峻险，盘旋在陡峭的斜坡之上。远望有三座次第相连低矮的小山，一座黛瓦黄墙的古刹突兀显现在山腰间，此时恍惚身处在黄山、华山的峻岭风光之中。然而，回头北顾，仍是一片葱绿秀丽的西湖山水，婉约清朗，反衬比拟这座老焦山，禁不住会兴致勃发浩然击拍，拍的是情趣憨野！

　　老焦山的憨野，憨野在它的天然自在，明明是在江南丘陵，却偏偏独自成性，也许是与众不同的色泽，让人联想亿万年前大地板块挤压，独独让他在炽热中留下焦赤；抑或补天女娲遗忘在东泽山野之中？给天堂加上更多风采。正在遐想中，从豁口上来个老汉，他接过我的疑述，笑笑说："老焦山是憨，是野。"同时指指下面庙宇："金莲寺你知道他的出典吗？"

我摇摇头。

"是啰，知道的人不多了，它是为纪念公主留下的，我们乡民千年来不忘的蚕花娘娘。"

"蚕娘，不会错吧，她不在水乡诞生而在这里，老焦山？"

"不信！她叫慈华公主，就是从山上引种养蚕在宫中，现在所在的村还叫宜蚕村哩。"老汉停顿下又说，"早先开春，一船船从苏南浙北来烧香的蚕妇，到杭州朝拜的第一座就是金莲寺……"

我对自己的浅薄知识羞愧。可是还是问这与憨野有关？

"咋无关？不憨，金枝玉叶的皇家公主能布衣粗裳操劳并传授村民？"

"野哩！"

"野在山间，早先的桑树蚕虫都是在野坡崖壁中的呵。"

他走了，留下我呆怔着。老汉说的应该是传说，不过，让我对老焦山的憨野有了更深的认识。一方水土养一方人，如今锦绣霓裳的丝绸之府杭州，少不了老焦山做出的贡献。因为他的无私，才不娇柔，由于他的憨野，至今仍生机盎然，独成风骚。

（原载 2013 年 9 月 13 日《杭州日报·西湖副刊》）

湖光山色相映美

一

当今世界，无论大江南北、长城内外，或是海外，喜爱旅游的人谁不知道杭州西湖？在中外旅游业界，西湖具有很高的知名度，知道风光旖旎的西湖，以山水与人文取胜。要回归大自然的怀抱，去杭州西湖旅游，徜徉在青山绿水与人文历史之中，让心灵得到最好的休闲，这是海内外游客对西湖的向往和选择，尤其西湖被评为联合国世界文化遗产以后，来杭州西湖的游客更是与日俱增。

西湖之所以对海内外游客有这么大的吸引力，除了真山真水真风景的巨大魅力之外，文学也起了巨大的推动作用。早在一千多年前的唐宋，"诗人市长"白居易、苏东坡就倾情吟诗来歌咏西湖："忆江南，最忆是杭州……""欲把西湖比西子，淡妆浓抹总相宜。"西湖如此闻名，恐怕与白、苏及其他诗人的诗不无关系吧？可见文学的魅力和作用。

历代以来，有关介绍西湖的诗文和图片可谓成千上万，不计其数。导游手册更是摆满风景区游览点，但唯独没有一本图文并茂对西湖之美全面展示的书籍，成为一大遗憾。

近日一本由作者曹家桥撰写，摄影师胡寒、莫图、王华配图的光明日报出版社出版的《西湖登山撷趣》，在这方面可喜地作了尝试。书不厚，文章也短小，兴致翻阅，顿时被其朴实的文风，引经述古的描述、别具一格的铺展，以及众多趣闻故事吸引，不仅增长了知识，也拓宽了视野，原来西湖山水尚有众多不同寻常的乐趣！

二

打开扉页目录，映入眼帘的是作者充满意蕴的文章标题"梵音北高峰""碧血南高峰""江湖吴山景""赭红龙门壁""仰望天门槛"。诸如此类一些为人熟悉的山让作者生生地用个人心意作了提炼；更有许多常人很少攀登散落在西湖外围的群山及其间古道，如屏峰山、老焦山、金家岭、如意尖、豆腐皮古道等，原来西湖里外共有 108 座大小山峰，最高峰海拔 620 米，且洞瀑涧溪俱全，峻险幽深均存，矮丘峦崖接踵相连，茂密林带曲折径。难怪作者把登山比喻"仙"字，形象啊，人与山一起，则不是成仙了啊！古人曰：仁者乐山，智者乐水，西湖山水，山与湖相映，山因湖秀，湖为山艳，仁智郁修，无愧于天堂胜景，更喜政府花巨资将沿西湖里外群山石级全部整修一新，供市民休闲游乐，中外登山健身爱好者攀登俯览。

作者因长期登临，经常在赏心悦目时文思奔腾，感兴激昂，挥笔成章，投寄中外报刊，时有载登。《西湖登山撷趣》一书所结集的文章就是在这样的心境中写就的。曹家桥爱好文学，平时也喜欢写作，从本书文字中，作者没有当今文坛流行的那种浮华、虚假、矫饰；却如同行云流水般在真实地书写他的观察和体验，书写着深厚历史文化底蕴的西湖与杭州市井的风土人情。每篇文章言辞真切、文笔优美，读来倍感亲切。他的文章没有固定的格式，不太守旧；率性而写，挥洒自如，犹如淡妆浓抹总相宜的西湖。因为作者对西湖的美看得太久，所以能传达出西湖美的真谛。

三

虽然书名叫《西湖登山撷趣》，却不光写登山，也写游湖。

通过对西湖三十多个著名景点的湖光山色、四季风情、道路景观、人文建筑、名人故居、历史掌故等的印象、感受，无不入文。

因此孤陋寡闻的我，从来没见到过这样一本图文并茂的西湖山水美景图册。

看作者如何在文章中描写十里琅珰在雨雾时的感受：

> 当云层偶露缝隙，几缕阳光洒下，琅珰岭顿时霞光灿烂，漫山遍野的芳草绿叶，树冠枝头水淋淋的玲珑剔透，湿漉漉的石径烁金碎银，群山披彩，众峰娇憨。瞭望西湖，镜面波光潋滟秀态可掬；远眺大江，玉带凌空气宇轩昂。苍穹中万端气象，衬托出十里山崖绰约风光。且眼前那层层相接的山，叠叠不息的峦，坡上坡落，岭来岭去，穿过中天竺山路的壁岭时，传来阵阵香客的嬉笑声，不由吟起清朝罗坤的竹枝词："北高峰顶夕阳斜，三竺人归少妇家。认得年年旧香客，满头都插杜鹃花。"此意境莫非当年老先生也触感而发，还是自己反反复复挫折人生的宣泄。

那么他眼中的飞凤岩山呢？开篇是这样起笔的：飞凤岩很是奇特，名曰"飞凤"，它其实没有振翅飞翔的态势，"凤"也为对应白龙潭"龙"的。"龙飞凤舞"是国人常喜欢象征的吉利，何况白龙已在，哪能缺失"凤"。再则民间传说，山头还真有过飞凤翔临，所以如此称谓。其实，飞凤岩只是个裸露的普通"癞"石头岭，这是一。

二是飞凤岩岭高，海拔 473 米，大有雄踞独岭成峰的傲气，无论从左面风水洞逶迤过来，还是金家岭排闼至此，在飞凤岩岭前都纷纷俯首逊让。延伸递级上升的路也多呈弯弓状。如是，让行者不仅多走了道还容不得懈怠，岗峦起伏，通径狭窄，斜坡削壁，崎岖险峻，碧空蓝天，凌风相迎，登走间衣衫鼓动，大有肋下生风的奇妙感受。

四

美，是一种客观存在；审美，是人们的主观意识，即所谓一种文化现象。审美文化，与社会的政治、经济的客观环境，与思想、文化潮流都密不可分；也与人们的自身品质、思想观念、文化素养等息息相关。而且随着社会更迭、历史变迁，不同的时代有不同的审美文化内涵。

当今的世界，到处是矗立钢铁、水泥的森林，山野已被城市的碉堡所吞噬，大自然受到严重污染，美遭到人为的灾难性破坏。对自然环境、大地母亲的破坏践踏，是对美的践踏，也是人对自身人性的践踏和破坏。在一切物化了的社会，人类可能已厌倦了纸醉金迷的生活。他们对美已淡忘了，审美的感觉麻木了，就想重新寻觅失落了的美好事物，找回审美的思维，希冀能有一个美好的精神家园。返璞归真，回归大自然，成为当今最时尚的世界性潮流。

于是，出现了一个很有趣的现象：现代化高度发达的国家，一下把目光投向东方，对东方的审美文化发生浓厚的兴趣。西方人认为：东方的文化是本质意义的美，是一种"天人合一"的文化，最符合宇宙的本来面目，人们要回归，就是要回归这种文化的源流、美的真谛。因此，登山、越野跑、快步走，成为当今世界时尚的潮流。因此，这本《西湖登山撷趣》正符合当今审美的情趣。

五

作者为宣扬西湖山水，中文版刊印后，又委托"中译悦尔（北京）翻译公司"合作翻译英文，并由商务印书馆资深编辑和人民大学国际关系学博导教授一起校对修改，以适应国外喜欢西湖山水的友人阅读，书名由青年书法家陈少非题字，杭州艺阁文化有限公司设计策划，光明日报出版社出版。现中英两版书全部在新华书店销售。喜逢杭州召开 G20 峰会，但愿增添国际友人对美丽西湖山水的了解。

（原载 2016 年 11 月 18 日《杭州日报》悦览版）

那山那道那夜……

　　微信朋友圈里跳出张新面孔，怪怪的，微名"大红枣"，头像是几粒饱满散发光泽滚动的圆枣上映出张紫糖色多皱脸庞，故意歪斜、眯着细眼，活脱脱像颗烂枣，盯住看清了，那个塌鼻梁上的酱痣——陈家英！止不住回忆起那次难忘的旅程。

　　至今为止，其实我跟他也就有两次交往。初识是在上海考戏校编导系。1963年秋，天南海北的一群文学爱好年轻人，汇集一起追求心中梦想，2128个考生攀摘9个名额高枝，结果可想而知。他跟我同铺位，临走前嗫嚅半天向我借车费，并认真写了欠条，留下通信地址：山东蒙阴仲村。还添说，俺那边都是大山，你有机会来，甜枣有得吃的！后夹信寄来几张黑乌乌的毛票，一分不少，还再次发出邀请让我前往。我查地图，这么远的地方，又是犄角旮旯，只有条细细的公路线，也就搁下了。

　　两年过去，不料机会还真的来了。我工作的物资局有个女同事，他爸是山东南下干部，这次一起出差去烟台，她与我商量顺道去老家沂源转一转。我想起陈家英了，也说正好自己有个朋友在附近仲村，她说好啊，转绕也不耽误工作，约个时间在烟台会合。

　　我与女同事在兖州分别换乘长途汽车。去蒙阴路上，开始还平坦，然而很快进了山，一座座连绵峰岭上上下下左盘右绕望不到边际，车轮碾在砂石公路上扬起灰尘如狼烟翻滚弥漫天空，雾蒙蒙的很少见到绿色。颠簸中我迷糊糊瞌睡，一个急刹车，听人喊仲村到了，我忙不迭拎起行李下来，还没站稳车呼地开走了。几个同下车的人各自散去，只剩下自己呆怔怔地立在站牌下茫顾。咦！陈家英怎么不来接？事先我去过电报，难道这小子有事耽搁？等了好长一会，还不见他来，日头开始偏西，我不由懊悔自己是否太自趣了，陈家英变卦？现在前不着村后不靠店心中焦急起来。有个戴矿工帽的人路过，拉住打听，他说你下错站了，这不是仲村？是仲村岜，要过前面山头才是仲村。这才傻眼，望远处隆起高高的山梁，公路如细带一直向上飘伸，连连顿脚。他见状问，找谁？我讲了名字。陈家英，我们一个矿的，熟悉，矿工说，公社大喇叭上经常念他写的通讯稿。到仲村的车明天才有，你过岭走到也要晚上，甭去了，陈家英等不到肯定会回矿里来的，你就跟我去，矿就在岜下。

我随着这位热心的矿工，下坡沿着山道向岜湾里走。按理讲有矿应该有大路，否则如何运输？可是脚下的道不宽，最多只能拉羊角车，地上还都是石疙瘩，山光秃秃的，只长些低矮的灌木和草荆，这样弯弯缠缠地走了半个多小时，方看见有几间工房和黑乎乎的矿区工作面，不少煤块堆在豁着口的矿洞边，此时道开阔了，斜横通向山底。矿工解释，俺们是大队小矿，产量不大，板车拉出装船去仲村。向不远处望去，夕阳下有条大溪泛着金色波光，矿工还安慰，你朋友会搭便船回来，不急，先到俺食堂里吃点东西。

所谓食堂也就是个棚棚，里面放着些粗木板钉的桌凳，一位中年大婶算是大厨，一口平锅和了无生气的灶火蒸笼，案板上垒叠粗糙大饼，还有几捆青叶白秆的京葱，根本没有其他菜。矿工进来取两只瓷碗，嘟嘟从热水瓶倒上开水，与大婶打了个招呼，拿上饼和大葱，过来说："饿了吧，将就着先填填肚子。"我只有瞪眼，这怎么能进口，矿工倒也不勉强，径自从怀里掏出瓶烧酒，用牙咬开塞子，摇晃递来："要不来一口？"浓烈刺鼻的劣质酒精冲得头晕，我忙摆手。他却张大口灌，至少下去一两多，痛快咽落，接着是喝开水，嚼京葱裹的大饼。我犯奇问："白开水过酒？"他抹下嘴："怎么，俺们下矿的都这样，来劲！""菜呢？""菜，还要什么？没条件讲究，穷山沟的人日子都这么过。""枣子，有几粒大枣不是能送酒的。"我记起陈家英跟我说起过的大枣。轮到他瞪眼了："这一带是产大枣，但现在不是季节，再说，也是计划归

供销社收购交国家的。""家里？你们自己家没有？""家，你说屋前屋后？有的，但不多，日常舍不得吃。"他很坦然，边嚼边指食堂说："你瞧，有几个人在这里端碗，还不是从矿上下班回家吃。""家里不是一样要开火？"我问。"不同，矿上都计工分，没现钱，家里人一起吃，省了。""那你呢？""我？噢，跟他们不一样，俺们一伙是河南来的，算老师傅吧。""陈家英呢？"我再问，"他不下矿，是文场，记账员，看，不是来啦！"矿工扭头招呼。

我转身，果然陈家英直奔过来，见到我，大声嚷："你怎么到的？"

天已经黑了，食堂内不亮的灯泡照着陈家英的脸，与上次见面变了模样，虽然圆墩墩的轮廓还在，但明显瘦了，还黧黑，要不是鼻尖上那颗痣，我真的认不出，老得也太多了。

矿工笑说："不是我引道，你朋友要让山猫吃了。"

"哪儿还有山猫？连只野兔都让你们逮光下酒了。"家英还嘴也快。

"我说家英，家里有什么好东西待客？"

"馋你，一起过去，这烂酒不要喝了。"

"好了，我高攀不起，有烟吗？"

我连忙从袋里拿出，说："师傅，对不起，早就应该谢了。"

他抓起，说："好烟，大前门。"抽出根点燃狠狠吸了口，还用手掌扪着嘴，不让烟雾喷出，同时就势将整包烟掖进。

出了食堂棚踏上宽路转弯又进小道，四周都是朦胧的山影，脚下的路高低不平，要不是有稀疏月光，肯定好几次会撞到家英的后脊。

沿着小道来到个山坳，房舍聚集，应是个不大的村落，但很少窗里透出灯光，四周的山将浓稠的黑裹紧往村里压，幸有几棵大树干撑住，小道才穿插进去。

陈家英家是间老木房，推开门，他娘方点起油灯，桌子上放着碗筷，见家英领我进去，忙进灶间拉风箱，柴灶膛燃起熊熊火光，屋里顿时显出生机。我尊敬地叫大娘，她憨厚笑笑，很快端出馒头和饼，还有两盆菜：几条蒸小鱼，炒鸡蛋，再就是一把京葱。我请大妈一起上桌，她不肯落座，避进内间。家英开了瓶酒，双手递杯站起说，按我们风俗，贵客到先要饮三杯。我此时心里涌起不安，掩饰问："甜枣呢？"家英回头唤娘，大妈捧出盆枣，不多，但粒粒饱满，只是颜色已经酱紫还干燥多皱，肯定藏着平时不舍得吃。我拿起颗送进口，真的很甜还有股滋滋醇香。家英鼻尖上的痣让酒精沁红了，抹着唇说："不骗你吧，不过，少吃些，专程为你准备捎回家的。"

晚上我跟他挨脚睡，问："就你娘俩？""还有个姐姐，出嫁了。"我见到他床沿还堆着些书，有几本时下城里已经难找的文学著作。家英解释："习惯了，算是精神食粮吧。"他仰起挤挤眼，但激情很快消失，叹气说，"越来越远了。""文学追求？那么，上海投考？"我提起。他苦笑："那时高中刚毕业，不安心，闹忙着去尝试，现在明白了，人是要认现实的，老娘催着抱孙子，努力赚工分娶媳妇吧。"

天还未亮，便闻到香喷喷的烤饼气息，起来，大娘已经备好早餐，南瓜汤和高粱饼，这饼昨晚尝过，很厚很大又很硬，需要掰着吃，入口干燥会将嘴里津液都吸干，就粥还好。

想不到，还是这饼比大枣留在我记忆中深。

为什么，饿啊。

临走时，大妈定要我带上红枣和大饼，红枣土产是允赠之物，那粗粮硬饼我犹豫了，大娘说出门带食路上防饥，我想她年纪大恐怕从不出远门是老脑筋，现在的交通哪会途中挨饿的。我推辞不了就拿了两张，家英送我到仲村上路。汽车开出就轰轰的上山，接着颤巍巍下坡，还未到底又盘旋上行，眼前都是迤逦起伏的山峦，天地相接无有穷尽，纵目望去，蓝天白云下峰波涌动，汽车仿佛荡漾山岭浪尖，风呼呼直嘶，发动机吃力的颤抖吼叫，我担心随时会散架，心一直悬着，不料车真的抛锚熄火了。驾驶员骂骂咧咧下来，掀开车盖，一股滚烫的蒸汽喷出，水箱泄漏不能动啦。驾驶员此时竟不恼，蹲在地上径自吸烟。乘客都下来，也全不急，抖抖灰尘掸掸土左旁右侧搭伙拉话。有辆车驶来，驾驶员扬手招呼，搭上走了。我问个老乡，他说经常这样，师傅是去前面站打电话，会派班车来接的。

等吧。我悬着心挨时光，直勾勾瞅看眼前山梁上的太阳，随着他懒

洋洋地从当空移到西边，后来羞答答地涨红脸在山脊边朝你看了眼，骨碌滚没，夜纱随即漫延升起，那股只有山里才有的黑肆无忌惮地紧压过来。起风了，飕飕凉意夹着咕咕叫的饥饿使我陷入怅惘中不知所措。有个高个子中年人招呼大家："走吧，明天再来等吧！"他说完先转身往坡下走。其他人也跟商量好似的各自拎着行李跟在后面。我懵了，这是怎么回事？到哪里去？这荒山野岭的有食宿地吗？明天，这长长一个夜，如何过？想归想，也无可奈何，还是那位老乡点拨："别愁，下面有个村，去过个夜，明天准能走的。"

天哪，你知道三十多位都是陌生的旅客，男男女女有的还拖儿带女，村里谁来解决？虽然我心里堵着块大石担忧，但这些同车遇难的伙伴，却一个个走进村，东敲一家门，西进一户院，渐渐都被安顿下来了。山沟沟里的暮色中，很快热情的村民燃亮灯，有客套的对话声，如弦拨音在静静的夜阑中响起，不过也只有那么一会儿，灯先后灭了，狗吠停止了，声息消失，静谧让浓黑深幽。我是随身旁老乡进入一家，男主人出来招呼，厚道地指指堂前草藉，老乡让我一起铺开席地坐下。

老乡舒服地伸了下懒腰，从怀里掏出大饼，拨拉块放入嘴中咀嚼，也许是干，他又站起，到灶间倒了碗水，就着吃。我心中堵着的那块大石松了，也取出家英妈给的路上防饥饼，照样去倒杯水，吃起来。此时这不看好的硬饼在嘴中竟会变得有滋有味，粗糙的高粱面搅拌唾液与水在牙缝舌尖滑溜，来不及成糊状就急吼吼咽入胃中，温柔舒服开来，就这样一口接一口，还只啃一半，却打起饱嗝。身旁老乡响起鼾声，我的倦意也上来，倒下入睡。说来不信，我竟会如此香甜地在异地他乡陌生人家地铺上美美地度过一晚。凌晨当村里鸡鸣，我们这群搭宿的乘客，纷纷出来离开又朝坡道上走，村里主人家们都在照常做自己的事，最多也只是温情地朝你们看看，如同相识的老熟人，彼此都无任何客套表示，平常得像风摆动的林叶、山间流淌的溪水般自然。来到昨天事故车旁，驾驶员还是蹲在道边上吸烟，见人来了，他站起拍拍未洗净油渍的手，喝了声快上，还未等大伙坐稳，引擎抖动车呼啦奔动起来。老乡嘟哝，看来是总站派不出车，让他倒腾一宵弄好了，不知能不能坚持到终点。驾驶员好像听见了，有意把摇杆猛地拽拉，轮子飞转让大伙前仰后翻地哦啊叫喊。

为赶时间，这班车除了经过站点上下客外都不再停歇，幸亏带着饼，早上、中午、傍晚，我都依仗它填肚子，说得再白些，在车上一天，我手经常掰饼，一块块地往嘴里送，直到驶进灯火敞亮的烟台市，还有一小块没有吃完。女同事见了，笑着说："俺山东大饼耐饥，是不是？"我道："饼就够嚼了。"说着把剩下块塞进大嘴。

这过昔往事要不是今天微信上引起，我点着手机的键盘如子弹出膛扫出。"大红枣"迅速回话：还惦记陈年老账，上次你不是很感动的，还说懂了当年抗日军民鱼水情的内涵了，现在竟不记得俺山东老乡的情了，不是我说，要是现在你想再吃这样的饼是找不到了，还有，你瞧，俺这一带……接着是发来画面，还是那样多起伏的山，但全都林木葱绿，无数条高速公路与大道相连穿梭，村子里都是幢幢整齐的新宅，有的还很气派，村民骑着摩托或开着小汽车奔驰……很快，陈家英又宣传他的"大红枣"广告，还夹着嗲气十足的音乐。

我好像有失落感。任凭画面滚动，思绪却回旋在当年黑夜浓浓的山村，那山那道那夜成了种牵挂，总让人联想起齐鲁大地淳朴的古风。贫穷虽然过去，但这充满深情的爱，如同山林的绿叶、流淌的溪水，应该生态依然，自然会清澈长年持久的。

（原载 2015 年 9 月 12 日《香港文综》秋季号）

泥塑艺人高大昌的心路

高大昌的泥塑作品在业内收藏界火起来了，拍卖市场的价格日益攀升，这让我很是狐疑，因为，我熟悉他，当年土得掉渣的小伢儿玩意儿，竟会如此被人看好。而且，说起来难以相信，他完全是纯手工捏的，最传神的当是"皮老虎"。

"皮老虎"是什么？现在的儿童不熟悉，就是已经成年的，或是出生在二十世纪五六十年代的人也很少见到过，因为它已经让飞速发展的时代淘汰了。你说早先挑担串街走巷兜售，一坨泥巴的虎头连着褐黄厚牛皮纸空芯硬壳底盘，里面有个竹哨，小手抓握，哇哇叫的孩子玩具，无非赚个油盐酱醋钱，咋一下子"神奇"起来？道理也许只有一个，返璞归真，人们开始崇尚自然，太多的机械电子五花八门的儿童产品充溢市场，人们厌倦，反而越土越陈旧变得越稀罕，难道错了？

他孙子高继昌却不这样认为，爷爷的作品不仅仅是提供市场贩销的，他具有泥塑传承和创意，是不同寻常的艺术品。

这个当年流着鼻涕拉扯爷爷衣襟的小宝，现在也俨然成为稍有名气的泥塑工艺师，不仅自己有工作室，还带了不少学生，他来找我，为的是挖掘老爷子的传奇人生。

其实，高大昌的一生为生活所迫，一直在旅途中，直到咽气前，我送他回老家。大昌的儿子承昌，一个搪瓷厂着色的工人，在狭窄的居住房腾出张旧木床，满脸都是丧气，踢翻大昌的破担，滚满一地的泥塑虎头坯被他狠狠地用脚踩，小宝扑着抢拾也挨了个巴掌。大昌似乎没有感觉了，但我见到，枯涩无神的眼眶里有两股泪水沿着肿胀的面颊往下流。当晚，他就撒手去了奈何桥。

守灵时，我劝承昌，你爸还不是为你家三口，房子小啊，主动报名响应政府号召“我们也有两只手，不在城里吃闲饭”，这是那个年代曾经轰动苏南城市的一场运动，几万人乘车搭船到我们苏北盐碱地支援农业生产，你说，要不是他有这手艺，早就饿肚皮了，还有余钱捎来供小宝读书。

“他是不要好啊！好好的生活不做，吵着跑出来，就是执迷这讨饭行当。”说完，这个四十多岁的中年汉子，哭天抢地几次噎咽呛背过去，吓得小宝娘乱成一团。我望着奠帐上大昌师傅相，浓粗眉毛方国脸微噘的厚唇，仍保持着内敛的顽态。

我当然知道。因为，接这批无锡来的人上岸是自己——生产小队长亲自到埠头张罗的。印象最深的是高大昌，不像其他人拖儿带女携着行李，唯独他挑副货郎担，瘦高个子踏在跳板上晃晃悠悠险些儿落水。我上去搀扶，帮着提，咋的这么重？责怪，你是来下乡的，还拿这家伙，村里禁止做买卖。高大昌尴尬地嗯嗯，磕巴说：“泥，泥巴……”还老实巴交打开，这一亮，竟引得城里孩子围观起哄，除了他说的泥巴外，还有不少令人眼花缭乱的动物人像泥塑。盖上，盖上！让我当即阻止住。

“爷爷离家出走上路带的就是这些，我有印象，遮遮掩掩忙了个黑夜，我爸啰唆一个晚上。”提起往事，继昌似乎也历历在目，他补充说：“要不是你卫护，也许这天就会踢翻倒进河里去了。”

“我那是卫护啊！俺庄稼人规矩还是有的，尊重爱惜人家东西，何况你爷斯斯文文的样子。”

“后来，你不是支持他外出摇拨浪鼓了？”

“他哪是种田的汉，第一次开荒，你爷就砸坏脚脖子，第二天更凶了，手刺起大口，血汩汩外流。好了，让他提笔当文场，记录劳动工量，想不到你爷没识几个字，本子上却画满鸡鸭狗猫仙人佛像的，你说咋办？狠狠教育，一副呆相，叫人哭笑不得，让他关门思过作检查，可是，这位爷在里面捏起泥人来，我收工回来见到，毛伢儿都围在他身边，他

在一个个做着送——"

"皮老虎!"

"俺乡下孩子都欢喜得活蹦乱跳!村里都吱吱喳喳地学老虎闹叫。没几天,附近村的大人也来讨了,还拿来自己舍不得吃的鸡蛋、板栗、柿枣等换,你爷一个不剩都交给我小队。"

"荒漠啊!"继昌捋了下他艺术家的长发感叹说:"爱美是天性,爱玩也是人的精神追求,何况如此传神的皮老虎,我爷是在播种艺术种子。"继昌掉书袋子,不过,有几分是着调的,曾经玩过大昌皮老虎的队里孩子,有几个后来也读美术学校了。

我说:"当初我没想得那么多,也没有多少禁忌,当你爷提出,能不能让他到附近村间地头走走,别让人家老远赶来耽误,如果有些进账,交给队里换工分。我想也好,不过着重交代,只能做皮老虎!"

"为什么?"

"一切反动派都是纸老虎!"我止不住也笑起来,记得自己是这样说的,我怕捏出其他玩意儿犯错误。

"爷爷就挑担上路了。"

"你小宝不知道,还故意问?你不是来过,噢,送泥,是你爸让来的。"

继昌没辩解,讲:"是我娘,偷掘了些惠山泥装进书包袋让我来看爷爷,无锡泥塑是要用惠山产的磁泥,爷爷来时带了些。噢,就是你说托人带信回来,娘借口让我来看爷爷捎点吃食,爷爷见到磁泥,喜欢得忘了尝我给他的糕点,竟拍着泥扭下一块放进嘴咀嚼……"工艺师的眼闪出泪花了。

"你不是也住了几天,老实交代,我是见到的,扯着你爷的衣角跟着串乡走庄的吃了不少好东西吧。其实,我还没有点穿,有不少夜晚,高大昌在煤油灯下捏了不少其他玩意儿,还到处找颜料上色,偷偷藏起来,安置在板箱内。见到我,嘴唇上装出顽态,似乎饮了酒颊骨上酡红,傻笑。你爷病走前这箱子是留在我家的,我第一次翻修新房时,唤你来取回的。你喜欢得直拱手,还给我大把钱作酬谢。"

"我一直记得跟爷爷走的路,田塍堤岸,风尘路陌,集市街衢,爷爷只是捏皮老虎卖，五分钱一个，叮叮咚咚角子声音，如今梦里都会响起。"
继昌神往了："爷爷每只皮老虎的头样，其实都不同的，尤其造型，他变
着花样着色，极其夸张醒目，老虎的眼、睫、鼻、嘴，耳、须、牙，看似
随意，却个性张扬，从中体现出他老人家的丰富内心情感，对艺术创造的
不停追求，现在作为国家非物质文化遗产无锡泥塑展览馆收集保存的高大
昌的几只皮老虎，再也没有其二的，再也没有了，所以珍贵啊！"

"难道你现在还不能仿制，你继昌没传承衣钵？"

"没有，爷爷病死早，他一直在走路，一直在他的心程旅途上行
走，我只跟过一阵，还小，懂得什么？今天，我来找你，也是为泥。
因为爷爷现在留存少量泥塑，上面的着色有无数星星点点从里向外溢
扬，透视独有的光亮和美感。这不是我们那边的磁泥，肯定在你们这
带就地取材的。"

"泥，我们这里？见你爷爷到处掘过，但说太松，盐杂多，其他，要
不……"说实话，当年我哪里会关注高大昌找泥哩，有许多日子见他神
情恍惚田角地头坟旁山边疯痴般转……突然，记起来了："有次你爷十多
天没回队，我也习惯了不当回事，但这天村口碰到，他浑身都是尘垢，
胳膊渗出紫血，一拐一拐的，驮着袋湿漉漉的泥，眉开眼笑地说，'找到
了，在古黄河出海口！'天哪，离这里有百里多路，专门去找这泥巴！"

"黄河古道，来自黄土高原的泥，陕西凤翔是有名的泥塑产地，对，
肯定爷爷想到了，但光泽呢？你们家乡有内衬的材料？"

"内衬？"我不懂。

"唔，是我们无锡泥塑古老的做法，泥土里加些棉絮、纸、蜂蜜等，
这样才有拉力和韧性。"

"哦，这不是早先春泥墙，泥里掺进稻草。但我们盐碱地只有棉麻
秆，沙荆草……哦，对了，我见你爷爷用沙荆草拌进泥巴里，砰砰摔打，
还不停地揉搓。"

"沙荆草！这里盐碱地长出的植物，含有不同的矿物质，所以能够
创作出独有禀异的作品。对啰，还不止这些，爷爷一直在走，在这片广
阔的大地上寻找艺术灵感，接受大自然的馈赠，经历阳光风雨，吸取精

华营养，独特地闯出自己的路子。"继昌若有深思地自语。

"你不是说你家是世代泥塑艺人？"

"是的，爷爷的父亲，曾爷爷也是，上辈都从事泥塑，但全是独自单干，为生机挑着货郎担走街串巷。"

"现在，他的心愿不是实现了。"

"是的，是实现了，可惜老人家没有赶上好时代。如今，政府倡导，市场需求，泥塑工艺发扬光大，成为人们精神享受和欣赏的艺术品。"

"值钱了，还那么珍贵！"我想想也麻头，我只知道是皮老虎，皮老虎从高大昌细长的指头上捏出来的玩意儿，我看得太多了，会这么稀罕。我曾在村里到处搜寻，包括附近，都没有啦！也是，这些不禁玩的物件，谁家会当宝放着。

"感谢大地，无论有多少风雨，茫茫原野都无私地容纳，吸收，积存，延伸出绵长的路，让一代代艺术家立足大地走来，接受大地无私奉献；感谢你们，当年苏北老乡，是纯朴善良的心和真诚无欲的宽容，才能让爷爷这样的老一辈艺人得到重生，保留和发扬民间文化。我深信，将永远这样，永远。因为，我们是崇尚美的古老民族。"继昌是在我新近建起的高敞明亮新居，满怀深情地说的。

户外广阔田野上，金色的麦浪翻卷，大路上，机械化收割机正隆隆作响，朦胧中见昂起的机头上，发现只只顽趣的皮老虎在闪光，灼亮撩人。

高大昌，从远处走来……

（原载 2015 年 10 月 27 日《香港文汇报》）

仰望天门槛

　　天门槛是天门山门槛岭的俗称，你问路山里人总那么一说，它在环湖群山的中间，地处梅灵西和龙井狮峰北，是连绵山丘相连中的制高点。到了山顶还真有个槛，一块岩石、浅浅地横卧突起，可以轻松跨过。抹把拼力登山出来的津津汗珠，停顿四顾，怎的如此寻常？与一路途经的大小山坞不断遇到高低顽石无所区别。岩旁一株不粗的松树，斜斜伸展着，有人悬了块自制蓝底白字小塑料板，上写"天竺山"，它在风里荡悠。我不由疑惑，后来查资料还真有此名。一山多名是否体现它的特殊又透出另种厚爱。前者应是地理名谓，后者恐怕借邻近禅寺标志，想给已经冷僻的天门槛接当下热闹的地气。其实没有必要，天门槛所处位置雄姿依然，形象地说它是这一群连绵山峦中的枢纽，且看，从南北东西起伏延伸过来的山道，汇集到此峰又四散离去；纵横排列的众多苍茫丘陵，到此最高点徐徐降落。从西湖西望，一道青翠屏障中海拔412.5米的峰尖白云缭绕，让人仰望。

　　可是身临其境，环步山巅，又为它的冷寂和荒凉陡然叹息。因为一路走来，没有任何人工修砌的台阶，也无碎石通道，全都野径小路，还常常蔓草牵绊，坷泥磕脚，灌木丛生，羊肠起伏，时不时要委身攀扶，抓枝借力，不少断岩吭唷蹬跨。蛛网丝撩拦，枯叶沙沙，不时遭遇乱蹿的野猪和扑腾雀鸟，凭空生出森森惊吓。

　　天门槛顾名思义，先人肯定视它是进入杭城天堂的门户，想想也是，大清谷林果，龙坞村毛竹，猢狲岭柴炭，云雾台茶叶，东乡豆腐皮，

龙门草药，早先在交通闭塞的岁月还不都是山民肩挑荷担，翻山越岭跨过此门槛过灵隐下龙井沿江头进钱塘的，然后将换来的食盐、布料、日用品等一脚脚地返程回到岙内坞里。为什么不见在艰辛路途中憩休的凉亭，祈福平安的庙宇？不，也许早年有的吧，路过的途中有残剩的墙基，山顶此地不是也留些许坍圮瓦砾。人世嬗变，日月更替，天门槛功能已过，多条通衢行进，谁还会颠簸翻越？无须感叹吧。有人想变你的名字，冠天竺山，体现的是抚爱。

不！天门槛没有殆尽功能，它依仗自己高度，进入电子信息时代，瞧，新建起的两幢电视信号接收机房，日夜隆隆作响，天堂家家户户的荧屏，有它山脉的气场。

还有，随着人们生活水平提高，登山健身成为时尚，它又开始热闹了，驴友们结伴前来，制定条环山毅行攻略，全程25公里，需要6小时，从老和山到锅子顶入白云峰，上天门槛转道十里琅珰，绕过五云山进林海亭攀贵人阁到虎跑，由翁家山强行至目的地吴山。此行中天门槛担当制高点，又行使枢纽中心的魅力。

当一队队组织起来或结伴攀登的猛男健女，冲刺奔跑比赛中，每每到天门槛会发出呐喊狂呼，此时的天门槛山林同撼，苍岩展容，风啸云驰，振奋喧哗，它在欢，在闹，在乐，在娱，青春复回，永驻活力。

仍让人仰望，不老的天门槛。

（原载 2015 年 9 月《曲桥》季刊）

腊八粥

一

　　莫琪是被早上窗户中透进的一缕阳光刺醒的，他揉了揉涩困的眼皮，恼怒地一踹棉被，昨晚又忘了拉窗帘。记起了，在昨夜埋头修改设计稿时，撩人的电话响起，又是萌萌，带着顽皮问，还未睡？莫琪眼中都是笔下图纸的线条，线条横竖斜挑统统被突然扯进的电话线搅成一团，他撂下不理，蹿突的火被压抑着，他打开窗，一股凛冽的冷风袭来，下弦的弯月也怕寒冻孤寂乘隙把光漫进温暖的室内。莫琪叹了口气，关上窗但没再拉帘，让月光和灯晕一起掺融，思绪奔放，埋下头工作直到支撑不住，扔下笔和衣倒在床上。

　　莫琪要的是安静，随意，他个性散懒，不修边幅，当身边朋友渐渐都筑起小窝，他陡然觉得自己周边空荡了，正在此时，萌萌进来了。都是九，比他小九岁，认识九十天，她挽起他登了记，九个月后，他实在感到家对自己的烦吵和紊乱。萌萌像只不停歇的小斑鸠，在房间里多的是她清脆声音和移动身影，拾掇、洗涮、熨烫、掸抹，见不得灰尘和零乱，还喜欢做饭菜，屋内充满油腥腻味，啰唆说这才像个烟火人家！莫琪如坠进烦琐的网眼中，俗气交织锁住飞翔的心灵！有次萌萌竟从天竺庙里捧来锅腊八粥，串门敲户进邻居家给大婶大妈分，正好，莫琪出差归来，见状不由分说拉她回屋，俩人吵开了，萌萌呜咽说你怪癖！莫琪

只是摇头，最后，他用不置可否的语气讲，分开吧，让我一个人自由自在过！小斑鸠一跺脚回到娘家。

二

又一个九十天。桌上摊满图纸书籍，包括地上，零星的物件横七竖八，散兵游勇似的不时绕着脚，被衾团卷，衣柜半开，灰尘爬上淡蓝的墙壁，饥肠辘辘，转了几下也没有可填的东西，莫琪感到空寂。一瞧表要迟到了，匆忙捋下蓬松的头发，胡乱披件外衣出去，不意与对门出来人碰上，一看，是个五官小巧的孕妇，嫣然朝他一笑，投射过来的是滋润满足幸福的光泽，紧随后面的黑胖老公，忙着呵护妻子下楼，根本无视莫琪的相让。

车子在大街的洪流上淌漾，嚼着小摊上买来的煎饼，莫琪脑中却浮现出刚才的一幕，什么时候，隔壁换了人家，女主人容貌娇柔看来是个性格随和的人，还有股小鸟依依的嗲劲，只是男的那样黏糊，也太婆婆妈妈了，噢，是了，没出世的宝宝，期盼和欣喜总是最充溢温馨暖融的，尤其是女人朝他笑时那对盈盈双眸，水灵灵中透出毫不掩饰的骄矜。莫琪想想不由揿了下喇叭，是赞美还是钦羡，他自己也说不清，不过，自此以后，莫琪总是期待能开门时再次相遇……

三

近在咫尺又紧挨门户但陌生疏远是现在都市公寓普遍的现象，莫琪以前从未感到，现在有心再见一面竟会如此的难。他早上估算同样的时间开门，可惜对门悄无声息，棕色的盼盼防盗门紧闭着，与走廊上白净的墙壁连成一气，包括那不宽的楼道，都给人怅然若失的感觉。下班归来，他怀揣侥幸，可惜丝毫见不到对门透出的室光，除了自己有意咚咚踩响的踏步声，一切都悄然寂静。不过，好在两间的厨房是挨紧的，排油机出口相伴，能听得到她家呼呼开动的气息，还有飘过来的油烟味，以及黑胖丈夫匆忙移动的脚步声。一个晚上男主人烧烹煮调好几次，哪有那么好的胃口？偶然，莫琪开窗，女人的嗔怪声传来，夹着老公轻缓的哄声，对比自己冰冷的灶具，有种莫名其妙的惆怅涌上，还有自责，自己怎么会心地如此阴暗，偷窥隔壁人家的私生活。

房间的空间陡然无比增大，莫琪把所有的灯都点亮，但投射在地上也只有自己伏案孤单的身影，某种并不存在但又感到存在的东西如同枝藤开始缠绕，还不断攀升，长出芽片，绿茵茵漫上心头，却又无端失落。耳尖控制不住总是竖着捕捉隔墙的声响，嗅觉会寻觅飘来的丝丝油烟味，他想到萌萌，烟火人家！自己苦笑了一下，拿起笔埋进图纸中。但无意中提起话筒，手已经在揿按键，却又松开，抬头在房间里寻找那只热闹的小斑鸠。

四

"呼，呼！"有人在敲门。莫琪启开，见是对过黑胖老兄，他满眼急火地说："你家爱人在吗？""什么事？"男人不安地搓着手，"不好意思，我的爱人呕吐，想让她帮个忙，搀扶去医院。""我行吗？"莫琪自告奋勇。男人顿了下，不过很快点头，"谢谢，那只能用你的车了。"莫琪想也真够娘儿腔的，什么时候了还挑剔！

车上女子在不断地呕吐，黑胖老公一手搂抱妻子，一手用塑料袋接秽物，嘴里不停地自责："我不好，都是我不好，他们说半生的东西有营养，你看让你受罪了，宝宝！宝宝要紧吗？"莫琪小心地加速，从后视镜见，娇小的五官在女子脸上痛苦地痉挛一团，双手紧紧地护着肚子，却没有埋怨，反而嗔嗲地安慰老公："没事，宝宝好着哩！"

莫琪暗咬住嘴唇强忍笑，他想起呼呼作响的烟灶，来回移动男人的脚步，怪了，平稳的车厢里竟会弥漫起阵阵烟火气。

五

日子嗖嗖地过，历本又换新页，进农历腊月了，平静的小区里变得匆忙起来，能听得见上楼人的脚步蹬得比往常有力。莫琪单位也陆续发了不少副食品，冰箱内塞得满满的，对门家的排烟管更突突作响，他也在自己的厨房生火，可是手脚忙乱地烹煮，端上桌一人一筷寡然无味。给萌萌打个电话吧，怎么说呢？向小斑鸠低头认错，像黑胖男人似的涎脸讨乖，俗！算了，自由自在的过吧！

清晨，轻轻的扣门声传来，莫琪应着开后，想不到竟是她！小巧的五官笑容可掬腆着大肚站着，手里捧只加盖的精白瓷碗说："过节了，腊八粥，请先生品尝。"莫琪接过正要道谢，黑胖老公过来了抢着说："我爱人家乡的传统，说是居家生活，八味俱陈，煮了一夜，挺黏稠的。"还指指挎篮，里面还有同样几碗，女人说："散福，大伙高兴高兴。"说完两口子挨户串门。

莫琪回到室内，腊八粥还带温热，红枣莲子桂园核桃……他没有下箸，表上时间是九点，他激灵想起，径自奔出，车直往前开，红墙黛瓦的天竺庙到了，几个帐篷前，人群熙攘，腊八粥在大锅中沸腾，看见了，她果然在，小斑鸠别着志愿者红袖，汗津津地在起劲忙碌，莫琪眼中一热，大声地叫着"萌萌！"跑了过去……

（原载《剑南文学》2012 年 8 月刊）

荣顺师傅

荣顺师傅家住在丝织厂附近，晚上起夜时听到织机声中有杂音，披衣进厂到车间用手指敲打瞌睡徒弟小五子头顶说，13号机的梭箱打梭棒松啦。说完自己拿工具跑去，不一会织机就正常了。他瞧瞧噼里啪啦互相欢唱吐出五彩锦缎的织机，放心地回去了。荣顺师傅年纪不大，但已经老把式了，熟悉每台机器脾气，手到病除。有次全系统比武，荣顺师傅展示蒙装机轴，让人用毛巾蒙住双眼，他利用手感将电动机连接的摇轴、弯轴、踏盘轴等零件快捷配好旋紧，干净利落，赢得一片赞扬。

小五子厚着脸皮跟在师傅屁股后讨好说："明天休息，喜雨台的刘忆慈摆象棋擂台，师傅你去不去？""少嚼舌，做事上心点。"其实荣顺师傅早几天已经托朋友定下位置，他业余爱好是下棋，而且喜欢找高手练，甚至不惜付点钱钞。当年湖滨的喜雨台茶室，名家云集，也有不少二三流混迹其中，对弈时要压分量，荣顺执迷，也肯花费，常常袋角落花空，所以每每家中会上顿接不着下顿，好在他还有另一个长处，弥补亏欠。是什么？打桌球，即现在的乒乓球。桌球从上海流传进这个崇尚休闲娱乐的城市，由于设施简单，占地不大，两块木板一个小球，乒乒乓乓就可以开打。荣顺师傅人瘦长，手脚灵敏，思维活络，上手后很快成为好手。那时当地有几家设正规球台，压筹码赌输赢，荣顺师傅在乒乓球台上倒是常常能钱钞入袋。不过很快政府严禁不良习气，喜雨台关闭。好在丝织厂工会组织文体活动，开展棋类比赛，只是荣顺师傅每次都拔头筹，兴趣渐减。此时，邻街的吴兴记铁工厂有工人活动中心，不远的吴

牙巷办起职工俱乐部，室内乒乓球火爆，荣顺师傅在这里能享受众星托月的待遇，业余时间常常乐此不疲在此散兴，也指点教授他人。有邻居富润里周家二兄弟，跟在他屁股后玩乐，无意之中他竟带出了乒乓国手，声名显赫，至今人们还在乐道。

周兰荪，二十世纪六十年代与庄则栋一起是盛名全球的五虎将之一。周树森是省乒乓球冠军，后来抽调到国家队长年担任北京女队教练，培养出张怡宁、李佳薇等世界头号种子选手。当年兄弟俩一个在读初中，一个刚进小学，课后弄堂里与海狮沟的伙伴在一张中间搁根竹竿的木桌上玩乒乓球。荣顺师傅见这批小家伙机灵，带着去正规场地打球。周家兄弟喜欢跟荣顺师傅拼球，初期荣顺师傅总是占上风，往往自己摆庄，让他们轮流上来，指东画西地赢得哈哈大笑，然而没多久，周家兄弟进步神速，荣顺师傅往往一盘 21 球只能坚持到平局。他虽败犹荣，只是经常咧嘴找理由，年岁不饶人。后来，索性站在旁边点评了。不久，荣顺师傅因响应国家号召支援内地去合肥参加建设安徽丝绸厂，周家兄弟也转到青年会打球了。

荣顺师傅是担任车间副主任岗位退休的，回家时红红绿绿掖着不少奖状，其中完全与职业无关，如象棋比赛冠军、职工乒乓球赛冠军等，老婆看了摇摇头，瘪嘴道："花里胡哨的，不值钱！"

（原载 2014 年 8 月 6 日《杭州日报·西湖副刊》）

瓶兰花树

　　我家老屋天井里有棵瓶兰花树，与杭城未大拆大建前街巷里庭院内普遍种植些花草树木一样，体现市民热爱生活崇尚绿色的情趣。现代都市小区绿化繁盛，反映出时代进步和物质文明升华。可是，怀旧的思绪总是时时萦回，何况这株伴自己童年成长和那些树荫下发生的往事总是让人难以忘怀。

　　瓶兰花树是种名贵树种，一般作为观赏盆景多，长势蔚然成木的稀少，苏州顾家园林有棵百年瓶兰花树更是不易。杭州玉泉植物园有几棵，去看过，没有当年老屋那棵大，需双手拱围。它树干笔直挺拔，铁锈色，木质坚硬，少有结疤，冠叶葳蕤，长年碧绿。五月开出乳白色的小花，颈似瓶状，飘逸出淡淡清香；六月结果，酱红色小颗粒，珍珠似圆润，味道涩甜。但我们邻家小孩不知珍惜，每当开花结果期，总是喜欢攀枝摘条玩耍。开花时做花冠，结果时串项链，追打嬉闹，每每温爷会出来笃拐杖，可谁也不当回事，因为温爷的愠怒中饱含慈爱，倒是老妈过来阻止："不要胡来，爷爷心疼的，瞧，树受伤害在掉泪。"果真，嫩白的汁液从折断的伤口上溢出，大家哄然散去。

　　墙门不大，房子是温爷父亲传下的，据说购进那天温爷植下这棵树。日后，进城人多了，温爷把部分房屋出租，自己家退居北屋平房，我们几户陆续安置住进南面，楼上楼下挤挤挨挨，热闹聒噪但很和睦。在我记忆中，北门很少打开，只有清朗晴日，太阳斜斜地从高墙下疏落，斑斑点点投射地上，温爷会端把藤椅端坐在树侧，两手相揖双眼微阖，

瓶兰花树树干会通情地弯曲依偎，摇动细细作响的叶子跟主人碎语。温爷没有正当营生，有个近四十岁的女儿陪伴，经常有邮差敲门，温家女儿出来按印，邻居指指点点说，国外又汇款来了。此时会瞥见里面堆着许多书籍，不少是线装的。听妈与爸讲过，温爷有四个孩子，都是高学历，一个在中国台湾，一个在美国，另一个父母也说不清，说是国内保密单位工作。女儿老三，金陵女子大学毕业，不知何故"挂门槛"。我们小伢儿可不管大人家长里短嚼舌头，对温家阿姨很有好感，经常接过她塞的糖果，她的脸上有两个甜甜酒窝很迷人。听隔壁姜婆神经兮兮跟人咬耳朵：奈何桥不肯喝孟婆汤的情种，缘分未到……

有天，一个很帅气的青年身着戎装风尘仆仆拎着包进来，咚咚敲温家门，邻家都不同角度瞪眼张望，姜婆神情笃然地对我妈说："瞧，对象来了。"可是门打开，见青年扔包抢步大叫爸、姐。是她弟弟！果真，他姐带着这位英俊军人拜访邻居，分发红枣、葡萄干，很有礼貌举手敬礼，墙门内洋溢一片欢悦。温爷这几天也精神矍铄，家中淌漾少有的生气。我布耳偷听，里面在讲什么金银滩的……反正沾着骄傲，在同学间添油加醋一顿吹。

没几日，温家小弟要走了，临离开前，我见到姐俩在挖瓶兰树坛中的土，一大包。小弟出门时，竟捧着一盆已经成形的瓶兰花树，姐边走边嘱咐：哥哥们移植去的都落土成材，你那边风沙停时要从窨房里取出晒晒太阳，多加水。这真怪了，没见他们培育过，什么时候寄往海外的？原来家乡瓶兰花树的根能紧紧相连。

温爷挂着拐杖站在窗前，眼睛却总是盯着直伸天空的枝叶。

秋去冬来，在一个寒冬夜晚，不知为什么，整个墙门都悄然无声，邻居们全醒着，从来也没有见过，温爷父女站在天井瓶兰花树下，凄冷的月光把老少黑影与婆娑浓荫重叠。"出什么事了？"我问妈，爸闷声说他们在遥望西北方，温家三儿故啦。我心哆嗦，次日起来瞧瞧，北房一切如初。年后十月举国欢庆第一颗原子弹成功爆炸，温爷破例在北房哼起岳飞的《满江红》"壮怀激烈……"

下乡十年我偕妻归来顶职住在厂宿舍，朝八晚五忙碌，很少回家看望父母。这天得到消息，墙门拆迁改建小区公寓，那个高兴啊。我回家，只剩下空荡荡的残屋，那棵不谙人间烟火的瓶兰花树，却仍然直挺挺地扬枝曳叶并开着密匝匝的乳白花。想给小女儿编个花冠，却不忍心攀摘。

这一下竟成了无限遗憾，再来看时，隆隆的挖掘机摧枯拉朽把这一带都夷为平地，包括老墙门、风火墙、瓶兰花树全消失了。

海外，包括西北那边，能不能有它的根脉，我不知道，但相信，有，至少，我是常梦到的。

（原载 2017 年 3 月 17 日《杭州日报·西湖副刊》）

十字路口

一

　　时间是晚上八点半，天下着蒙蒙细雨，这几天气温攀升，雾始终凝聚，在夜空中更恣意弥漫，把所有灯光朦胧成水汽，晕晕乎乎的，视况不容乐观。交警刘吉全神贯注地注视着十字路口，虽然各个道口加强协警把守，但这里是交通要道，更与众不同的在它的上面，还有二层相叠的高架越过，不远处的几条盘旋匝道把上面的车辆如洪水宣泄般奔泻下来，挤挤挨挨都要从这里流过，好在现在高峰过后稍显通畅，但不得不防备随时会出现车辆打结，喇叭鸣叫，一片混沌……

　　还是出事了！

　　只在一瞬间，刘吉本想抽身去小解，人刚背转脚还没有跨出，就传来强烈的急刹拖音和金属撞击撕裂声，夹着惊恐的行人尖叫。刘吉急忙抢奔过去，眼前车祸状况让他脑门上的青筋突突跳动。

　　分明是那辆黑色奥迪轿车在黄灯闪烁中抢道，跟待转区刚起步拐弯的红色雪佛兰相撞，震开的车门散出不少东西，不知为什么？在两辆车的边上还摔倒一部旧电瓶自行车，一中年妇女被甩在不远处像驴样打滚号啕。围上来许多人，纷纷指责黑色奥迪，但车内已无反应，包括那辆红色小车，八个协警奔跑过来，救人要紧，很快急救车加速驶到……

二

奥迪司机醒得快，他到医院不顾自己一味地对刘吉说："厂长、厂长、厂长不能出事……"刘吉见惯这些车油子，但今天看得出他是真惶恐了，厂长被他紧急刹车重重地撞在驾驶椅背上，肥胖脑蛋经不起击打昏眩了。

雪佛兰车中是一个人，四十来岁的精干汉子，他的遭遇最惨，已经失去知觉，任人摆布，从公文包里散出的许多文字材料看，好像是律师，只是车太旧了，一看还是二手的，制动不灵加上单薄，突遭拦腰冲撞吃上大亏。可是奥迪的车门怎么会拉开，是否原本没有关紧？车厢里也滚落下不少东西。

妇女伤势恐怖，她的一条腿鲜血淋淋，在脱下单薄的旧牛仔裤后，洁白的病床上还洇了好大的一摊血，她边嚎叫边让人找手机："儿子，儿子等自己煮饭哩！"龇牙咧嘴央人打电话。医生检查后对刘吉说："皮外伤，最多是骨裂，无碍性命。"

三个同时受伤的人有区别的分别安置：厂长去了18楼单独病房、律师重症监护室、妇女拍照处理后因病房紧张暂时住在外科走廊加床上。

奥迪司机护着脸上肿起的乌青，待在厂长身边。

三

交警刘吉为自己的粗心多次跺脚。鉴定事故奥迪车应负全责，可是有个细节，又似乎该是骑电瓶车的妇女闯红灯引发肇事的，但又不像。证据确定是奥迪车门拉手钩住了中年妇女雨披，拖拽着她碰上雪佛兰而摔出的。为了对事故负责，郑重起见，他面询了骑电动车的中年妇女，她大喊冤枉，还让刘吉看了沾满血的纸张。当时她手里拿着它，是这次加班搞卫生10小时200元的结算单，为赶时间接儿子，来不及收起它就

捏在掌心骑车上路，在路口红黄灯切换时，猛地被拖带受害。

刘吉的粗心恰恰在这里，他好心地把事故结论通报，随即归还现场收集整理的散落资料。

律师还没有醒过来，他的教师老婆与十几岁女儿，俩人在轮番呼唤着，旁边的护士眼圈红红的，说："如果再醒不过来，要变植物人的！"

刘吉脸灰青灰青的……

四

单独病房相当冷清，这种状况医院也感觉不正常，开始时来看望的要排队，还找院长提供方便。厂长得的是脑震荡，当晚就醒过来了，只是恶心呕吐，几日下来平静了，但需观察。就是前后个把星期的时间，厂长房间从热趋冷，最后人影全无让人孤寂得心里长毛。

厂长朝空寥苍白的病房上下瞧瞧，窗外是湛蓝的天空，有风，楼下传来一群民工的聒噪声。"有人闹事？是我们碰倒的女工？"

"没事，是她的老乡一批批地来，不懂规矩……"司机答。

果真，妇女已住进病房，好热闹，那些包着头布或着工装的男女进进出出，有个大嗓门叽里呱啦地说："你放心，儿子成绩不会拉下，我们都顾着哩！"还有个压低声音讲："听说，你家男人的伤亡事故就是重症室的律师在跑。"

妇人抽噎着，泪珠颗颗滚落……

五

女儿不间断地叫唤，律师终于苏醒了，但他是那样的无力，直挺挺地躺着，疲惫的眼睛透出倔强的光。

同事来得不多，来的都少有声响，只是紧紧握住他瘦削的手，是在把生命气息默默输送，还是从躺着人那里吸取能量？教师老婆很得体地礼貌致谢，她也不说什么，更不想知道什么，她的腰明显地下弯了，压力很重。

刘吉站在自己的岗位上，有种莫名的责任感陡然升起，在十字路口，高峰低谷，红黄绿灯，有序变换，庞大的车辆洪流好像是从自己的心上碾过。他抬头望望，远处是青山碧湖，这个十字路口，还将会上演什么？层层叠叠的道路，永远急匆匆的车水马龙，交错、挤堵、滚动、争抢……而每个车窗内都有自己的故事，社会载在轮子上飞驰，少得了碰撞吗？

是的，又是一瞬间，出车祸了，十字路口很快地打起结，刘吉直奔过去。

（原载《律师评论》2012年第11期和文学季刊《曲桥》2016·夏）

格许多萝卜夹了一块肉

　　广场舞有个很明显的特点，跳的多是大妈大婶，少有大伯大爹。既称大妈舞，清一色也理所当然。然而，我们社区的大妈舞队却有个俞老头，被人戏称是"格许多萝卜夹了一块肉"。

　　俞老头咋个会进大妈舞队的呢？这跟他爱人桂芳妈有关。

　　桂芳妈年轻时在纺织厂是个文艺骨干，身体轻盈，动作灵巧。红色娘子军歌舞热火辰光，桂芳妈是领舞的，洪常青扮演者则是她爱人、年轻时的老俞。前些年，夫妻俩是前后脚退休，从此颐养天年。闲空时，双双就在退休工人活动中心与老年朋友跳跳快三步、慢四步。渐渐地，人多了就移至公园。桂芳妈的舞技了得，不久就被推为领头人。她就带着众姐妹们玩起了木兰舞、扇子舞、腰鼓舞等，渐渐地走向广场，摆开阵势玩起了广场舞。

　　因广场舞需要大喇叭扩音器，这劳什子笨重，桂芳妈就叫俞老头做个手拉车，再业余当个音响师。嗨，这支大妈舞蹈队从此越闹越红火，非常吸人眼球。但音乐一起，老俞头就会被"边缘化"，只有换乐曲、调音量的分，脚痒痒时只好自我陶醉地扭摆几下。

　　但老俞头还是快活，不是一般的快活，是很快活。不仅别人戏称他是"指导员"，自己也名正言顺地"担当"起来：积极参与舞蹈组合编排和新动作的设计排练，还跑东颠西购买音像资料……不久，大妈舞队拉起了"火凤凰舞蹈队"的旗帜，俞老头任旗手和主管，出发时雄起起地走在前面，结束后负责清场。跳广场舞难免会因噪声而引发人际矛盾，如何避免呢？老俞头跟老伴好一番商量后，决定将时间、地点、声响等均作相应调整。之后，俞老头脖子上便多了只哨子，当广场上的游人越来越多时，他就嘟嘟两声，姐妹们立刻戴上耳麦，乐声消失，但舞步依旧，风采更美。大家还学会了跳默舞，桂芳妈出列指挥，老俞拍掌打节奏。此时俞老头花白眉梢上洋溢出的得意，从多皱的脸庞荡漾到双肩，身子波浪般起伏……舞姿越发飞扬了。

"格许多萝卜夹了一块肉"，俞老头起先听起来有点不爽，好像说他有点"老来色"。后一想，人家也是插科打诨没坏意，再说，萝卜烧肉，光有萝卜没肉咋吃？"火凤凰"没我咋整？于是，俞老头就心甘情愿做那块"肉"，一直到今天。

（原载 2015 年 12 月 15 日《今日早报》都市状态栏）

唐婶

　　唐婶走出单元门碰到邻幢陈工在候车，照面间他话中有话说："嫂子，这一亩三分地，你大辈子还转个不够？揣着免费的公交卡，咋不享受乐趣。"仿佛是在提醒，是呵，过七十了。唐婶只是笑笑："你不是也忙，又去参加专家评审会了。"

　　老陈说的一亩三分地是指他们所在的社区，早先是近河滩的一片沼泽，二十世纪八十年代初，唐婶老伴工作的省建筑公司，政府照顾划拨一块地方建安居房，结束了几百名职工长期在流动工地棚居的生活，接着又有单位陆续建设住宅，很快形成集聚，居民区也相应成立，热心的唐婶被推选为居民区主任，从此，她穿梭忙碌的身影随着小区烟火人家冬去春来三十多年。社区成立后年轻人上来，她不在岗但仍在"职"，这个岗与职，是老伴戏谑称呼的。习惯了，唐婶高兴，因为，她闲不住。理由很质朴，这里大户小家让自己的心给拴住，离不开。

　　近来更是如此。为什么？随着时间流逝和市区新扩，这里已经成为老小区，所以琐碎杂事接踵而来，最头疼的是三多：上年纪病老多，房子转让变化多，车辆刮蹭挤碰多。前一多是自然现象，走了房子换主人很正常，何况附近还有所名牌小学，年轻人为不让孩子输在起跑线上，争相购房入住，随之装修噪声此起彼伏，矛盾丛生。更是早先几条自行车道难以适应汽车时代，刮蹭挤碰常常火星淬爆。社区一枚针眼，上面各条线都要往里穿，三十几岁的社区主任及几个助手整天一箩筐事不易啊。唐婶咋会甩手不帮？今天早出门，是去调解新入户管道漏水事，殃及的邻居秦师母是个烈性子人，怨声像救火洋龙哇哇嚣叫。唐婶拨开围观众人将涨红脸的秦师母拉到一边，亲昵地唤了声老姐妹，几句悄悄话后，招手让闯祸那家小夫妻过来认错道歉，风波瞬息平静。有这么灵？谢家阿婆悄悄跟人说，秦师母的媳妇当年难产是唐婶半夜踩三轮车急送的，人都重老脸，秤砣压秤杆服帖。

这不，调侃她的陈工晚上咚咚咚来敲唐婶家门，唐婶见他苦霜脸打趣说，是不是儿子又来烦了？陈工丧偶单住，成家外居的儿子因小孙子到上学年纪要回来合居，陈工犯愁，提出孙子过来自己负责接送照顾。儿子不肯，什么营养搭配，知识过时，感情代沟……今天电话最后通牒！咋办呢？陈工说我儿从小服你，给我想个周全办法。唐婶眯眼答应，不过加了句要无条件配合。事情如愿，陈工儿子接受唐婶安排，凉台改小屋给孙子住，两口子和老人分别一间，挤虽然挤但亲情更浓了。住进来那天，唐婶塞给陈工一张卡，咬耳朵说，要是不爽，社区老年食堂可以搭伙。陈工心想唐婶估摸自己心思太准啦，有时难免碰磕可以摆摆臭架子。

悲怆的哭声传来，3单元5楼老人过世。他们要在楼道间搭篷帐放花圈挽联，唐婶赶忙前去慰抚悲伤老伴，又左邻右舍招呼。想不到人未出殡，为继承房产两个女儿缠着亲娘表态，唐婶抑住气愤劝解，由于知根知底，句句都是透心话，严肃教诲加情理引导，姐妹俩羞愧低头，事态平静家庭和睦，唐婶却累得拖着腿进门。

正在边看电视边剪报的唐师傅见老婆进门，忙不迭端水绞毛巾帮拭面，捶腰埋怨："你啊，闲不住。"

唐婶沙发上双腿一盘，河南乡音出来："中，俺稀罕。"

电视荧屏上正在播放《夕阳红》晚会，荧屏中放出的光映在唐婶面庞上，哟，神采奕奕。

（原载2015年1月17日《杭州日报·西湖副刊》）

西湖青山长相厮

　　一个享有世界自然遗产名录的景区谐趣提议，相约西子与峻秀的郎山携手，南北联姻，顾盼人间。可惜疏忽了，西子是有青山相伴，千万年情投意合恩爱相厮融成一体怎么会无视呢？昔日大地萌动，来自皖南尖玉山茫茫苍峦中涌动的性灵之水，呼朋唤友汇成新安江浩浩荡荡奔流而来，进入浙北原野面临奔腾呼啸的东海波涛，有一股青葱细水娇憨裹住脚步踟蹰徘徊，多情的山汉弯起手臂把她挽留了下来，漫出细泥软土与江海分离，生成一泓盈盈清湖。当雄主嬴政航舟来到宝石山麓，细缆驻足，杭州始名，湖山合卺。

　　这不是传奇，而是天然造化，乾坤绝配。当一绺朝霞从东方冉起，黛山扬起轻风，初阳红晕普照，山间泻下茗藻二溪为西子洗涤。她悄悄系上苏白两堤碧柳玉带，芳步湖心挽个青丝结，摇翠三潭披上薄纱裙，淡妆素面风姿绰约，含笑迎接四方游客。红日恋恋西沉衔山，丛林飒飒漫升薄雾，南屏响起晚钟，西子换上夜装，净空中一轮明月银装素裹，华灯璀璨，多少恋人伉俪，心心相印，湖山倩影，演绎古今不衰的爱情故事。

　　西湖的山，层层叠叠，高高低低。仅诸多芳名：吉庆、九曜、天马、月桂、棋盘、将台，以至南北双峰、孤山灵鹫，万林背山……就让人遐想万千。其实这都是表面，在西湖群山中无数的溪涧小道，留有岁月文明的脚迹印痕。有天，我信步在西山游步道，贪婪迷离风光，拐入条盘盘弯弯古径，碰到个肩荷扁担的壮硕汉子，相遇招呼，汉子眼神诧异问，你怎么走"豆腐皮小道"？豆腐皮小道！瞧担子，两箩荷叶遮掩的豆腐皮，醒悟问："东山坞的？""是的，送金莲寺做素斋。"金莲寺一座藏在湖山深处的古刹，曾经几度人为灾乱，现在恢复中。是的，西子与群山不仅是卿卿我我婉约温柔，还有武穆长啸，苍水怒斥，秋瑾忠骨等铮铮铁骨、浩然正气。

山因湖秀，湖因山灵，一片片葱绿茶丛，满坡的青竹翠枝，更有远衔天目脊梁，连接宁绍杭嘉平原，远古的良渚文化，脉络传承发扬。在这片湖山胜地上，早就有十万家烟火，涌现出众多名流英杰，诗书画轴汗牛充栋；锦绣特产，物华天宝。迈步群山岭间，时时会与历史碰撞，常常会在古刹中徘徊。沿山河道古桥有前辈数学家秦九韶的身影，在吴山脚下吟听"九州生气恃风雷"的呼号，黄泥岭上走出都锦生……太多了，现在又一批时代风流从青山秀湖中涌现：马云、鲁冠球、冯根生、钟庆后……于是软件王国、动漫都市、品质之城、旅游胜地光华绚丽，促进了经济的繁荣，更增添湖山妖娆美丽！

山湖相守，连成一体，湖山伉俪，胸怀豁达，永远热情好客，天涯比邻相处。来吧，朋友，合作联手共进，欢迎，但不能痴情呵！

为什么？

你说呢？

（原载 2016 年 6 月 27 日《杭州日报》，"迎接 G20"征文）

烂眼皮阿昌

　　每当想起烂眼皮阿昌肩荷金鱼担在街巷里弄白墙黑檐下佝偻的身影，记忆会滞留在阳光煦照下金鱼尾鳍映出的五彩光泽和他略带尖细苍凉的叫卖声中。阿昌的出现总带给小伢儿们欢乐，小伢儿们从家家户户雀跃出来，围着鱼盆喧闹，大人尾随过来，戏谑中挑几条，一是满足孩子的馋眼，更是要放在水缸里吃子了。那时自来水不普及，各家都备有水缸接天落水，蚊子喜欢在水里产卵。养了鱼，一举两得。不过多数人家都喜欢买挑子后面盆里普通的小眼睛单尾鳍金鱼，便宜易养。要是有背着手踱方步跟阿昌打招呼的，多半是行家，有专门的白瓷大口浅缸供有品位的墨龙、虎头、狮子、绣球等好鱼游弋。阿昌指指前盆里个头壮硕、泼刺刺嬉游的鱼儿，来人蹲下来用网兜捞起中意的，阿昌抹一下烂眼皮渗出的浊泪，开价。侯家先生对此不屑，仰首问："有孵出的新品种吗？我明天上门来？"五婶瘪瘪嘴，对邻居邬阿婆说："侯先生是借口去看西施美人阿昌嫂的。"

　　话说对了一半，侯先生是望族后代，通琴棋书画，更钟情身姿奇异绚丽多彩的水中小精灵，他家后天井专门掘砌了小池，有长满绿苔的假山，遍布孔洞沟壑，任鱼儿穿梭。阿昌家世代养鱼，故侯先生经常上门猎奇。当然瞧瞧美人胚的阿昌嫂也是令人愉悦的情趣。

　　很多人羡煞烂眼皮阿昌的福气，活生生"三寸丁谷皮娶娇娘"，背后自然风传多少个故事版本。据说他俩原是青梅竹马，为继承几代培育金鱼的秘诀，是长辈指婚成家的。侯先生对此说法比较认同，他熟知金鱼文化，历史记载这座古城是发源地之一，曾培育出众多珍贵稀有的品种，不少变异极品是几代人呵护、积累成的，所以是家族制。

后来是园管局工作的老相识，推荐阿昌去打零工。也是机缘，有个日本金鱼专家来访，欲寻找五彩珍珠金鱼，这品种在号称"金鱼王国"的日本没有，特地前来寻访，哪里觅得着？外事处急煞，老园工偷偷来到阿昌家，两夫妻正在捆扎捡来糊口的碎纸，听了情况，阿昌嫂挽起雪白双臂，到家后临山边一个水洼中，掀起遮掩的竹篾，一绺阳光透下，几条五彩珍珠鱼正在自由自在地遨游，圆鼓鼓的肚上颗颗凸珠反射出玲珑缤纷的光泽。阿昌轻手轻脚捞起不同色彩一双，习惯地揩了下烂眼皮的浊液，交给对方。由此，他陪着珍贵极品进了园管局。因为，没有好手法那鱼是养不活的。

现在，花鸟鱼虫都进了平常人家，但要知道，就是再发达的科学选配，五彩珍珠金鱼也是稀罕的。不过，阿昌伯夫妇已经带出徒弟了，还是大师级哩。

（原载 2016 年 7 月 11 日《杭州日报·西湖副刊》）

绍兴阿孃

　　孃，这个字按汉语词典解释称长辈或年长的已婚妇女，只是简化后都合称"娘"，细微体会总感觉让"孃"字存在好些，尤其在浙江宁绍杭一带，"孃"前带个"阿"字是对妇女的尊称，年龄宽泛度大，蕴有民间俗语中的多个内涵，辈分模糊，听上去亲近，所以很流行。我家邻里就有个叫绍兴阿孃的公众人物，从没有人呼名道姓。绍兴阿孃从我刚走路到上学直至进厂上班，称呼从未变过，且外表模样好像依旧。照样圆墩墩脸形，头发梳得光光涓涓，没一丝紊乱，后梢罩上盘髻穿根玉簪，细眉凤眼薄嘴唇，说话时音调甜酿，牵动秀气的鼻梁和双颊酒窝，很容易让人漾进她胭脂散发的香氛里，如同一片春光暖心。绍兴阿孃常年穿拷绸衫裤，只是袖口长短和质地厚薄不同，脚着软底绣花布鞋，走路轻盈。更是她面部皮肤忒白净，白得匀称光亮，这就使她在此间烟火人家群体里显得出众了。她独自寄居何家大墙门佣房里，老家绍兴有丈夫孩子，但从未来过，每年她年节回去，正月十五出来，营生是靠这张面孔。别歪思，她不赚风流钱，何家高门槛野蜂烂蝶是进不去的，绍兴阿孃是凭两根丝线给女人美容，行话叫绞面。

　　绞面是用两根纱线将脸上的汗毛拾掇干净，清除杂尘，畅通毛孔，让面孔光泽清丽。这是自古传承下来的手艺，新娘出阁，家有喜庆，居室内人需要出面招待，脸面拾掇是礼仪面子。再说，爱美之心人皆有之，大户像何家太太们更不用说，寻常百姓娘们妯娌亲戚间也在意脸面，别认为老底子社会封建，其实女人间暗中较靓寻常得很，要不当年凤仙花汁染指、孔凤春的香粉、街面上吆喝卖抹头的刨花水，声音不会这么响。此中绞面是个细腻大活，技术性强，无三功六艺的专业功夫是难以上手的，在我们方圆范围内只有她绍兴阿孃赚得来钱。

每当你看见，门户口外端把竹椅，为什么要在外？因为普通人家宅暗，在太阳光下亮堂，否则数千根细细绒毛如何理清绞尽。又为何要竹椅？有柔性长靠背，靠背横梁能搁头仰面，须知绞一张脸得花大半天时间，尚不能胡乱摆动，需要竹椅依靠减乏。挪到门外绞面还存有对外宣扬的乖巧虚荣心，让邻里众目顾视啧羡。绍兴阿孃操作时坐的是骨牌凳，四周凌空便于移动。旁边安张小方桌，上面放绣剪、镊子、扑粉、镜子、梳妆用具等。男人时时会端盆热水，帮递绞巾，透过袅袅水汽痴痴看着熟悉脸蛋从粗糙渐变嫩白，饮了酒似的欢愉，少不了与来往人抢白逗乐。

绞面始当女子坐好，绍兴阿孃先用热水巾敷脸，烫软干燥皮肤，湿润表面，然后用修长的手指绷直两根纱线，紧贴脸部皮肤扭绞汗毛。操作时她双眸注视，屏息提劲，时翕时张，动作如灵巧飞蝶扑朔，能听到细微的嘣嘣弦声，这是指尖用力纱线发出弹音。能见到外露汗毛绞进线股中落下纷纷细碎，掉在绍兴阿孃的黑拷绸衫上。此时方明白，她穿的黑拷绸衫是有讲究的。一是能显现出绞面清理下来的汗毛，麸皮似的绒绒粉屑，另是拷绸上浆面滑不易沾、容易抖掉。这是行道，体现手艺功夫。绍兴阿孃从上而下，自左至右，厘厘下移，间歇中不时敷热巾，自己也伸伸腰，说几句赞美话，调剂气氛。脸部拾掇完毕，绍兴阿孃用镊子和绣剪整修女人眉毛，将略粗和歪斜的取掉，眉梢齐整，女人起身洗净面，用镜子照看，此时绞过的面，润滑光亮，人的精气神都为之一振。

在我记忆中，绍兴阿孃的绞面，新中国成立初期生意特好。社会安定，生活蒸蒸日上，婚嫁多，喜事也多。后来，渐渐冷清了，劳动人民要的是自然美。于是绍兴阿孃消失，她自己夹着包裹回老家了。从此，绞面这种民间美容在我们周围不再见到，改革开放后新的美容业兴起，绞面成为过气的历史。

但我还是留恋，其实绞面才是纯自然的，你想，就凭两根纱线，修饰面孔，既能美容，又能保健，这一起一伏的绞汗毛过程中，脸蛋肌肉

活动，皮肤受按摩，多好啊！恐怕不会有此传人了，是的，应该承认，许多民间技艺在社会发展过程中被淘汰，有它的必然性。

好在，政府现在倡导保护非遗文化项目，能否让绞面挖掘保存下来。

绍兴阿嬢还在吗？

（原载 2016 年 6 月 27 日《香港文汇报》和《财富世界》2017年第 3 期）

一只搪瓷杯

　　小姨家有只搪瓷杯，六十多年始终光泽依旧，除了早先杯耳上有块小磕疤外，通体白色，五个红灿灿"最可爱的人"字鲜艳夺目，成为小姨家荣光标志和精神所在。不仅如此，我总感到，每次进门，搪瓷杯辉映出的气场充沛全屋，浑然自在。外婆当年曾指杯谐趣讲，它是这个家的定海神针！外婆有点文化，喜欢看章回小说，这样不伦不类的比喻，常常会让厂里当车间支部书记的小姨嗔怪——偏心、封建。这倒是实话，外婆对小姨父中意，起源是这只搪瓷杯，小姨与姨父首次接触，双手温度是搪瓷杯传递的，"磕疤"也是初见时留下的。

　　那是热血沸腾的年代，裁缝匠的独子参军抗美援朝，队伍出发路上，小姨与丝绸厂青工做了许多大红花夹道欢送，争相往经过的战士胸前挂。小姨拉住的正是裁缝的儿子，因为激动，碰掉系在背包带上的搪瓷杯，砰的落地，耳柄小块瓷漆撞脱露出磕疤。小姨满脸漾红，他腼腆拾起抹抹灰轻笑说："多了朵云。"

　　外婆那天同在，看见还听见，回去问小姨："云？你和他熟悉？"

　　小姨还萦回在自己失误的羞愧中，茫然点头又频频摇头。外婆糊涂："不认识？怎么会知道你名字有云。"小姨叫雅云，是啊，自己怔住，只见眼中的磕疤放大，像朵云！

　　于是，在慰问最可爱的人的信件中，鸿音传云，相互书信往来，很自然。小姨父复员不久，第一次上门，外婆接过递上的搪瓷杯，匙了撮白糖，催忸怩的小姨冲水，就此甜甜蜜蜜成了一家人。

　　小姨父分配在区轻工局工作，是国家干部，小姨继续当她的车间支书，郎才女貌恩爱般配，人见人夸。说偏心是一起居住生活的外婆，每天晨起会用搪瓷杯盛上热豆浆，给小姨父当早餐；晚上饭后，搪瓷杯绿茶芳香，眯眼看姨父啜饮。用后，外婆会把杯子擦得涓光锃亮放在堂前案几上。光阴随杯子轮廓移动，春来秋去，三个表弟妹先后出生长大，期间凡世尘间少不了的风雨变故，家庭的搪瓷杯再也没有磕伤过，日用端放始终如一，一家人习惯进门先看杯。外婆病逝前小姨父手端杯子细心照料。不过，日后，他开始吃点小酒，搪瓷杯添了新用途。小姨父的工作最后是定格在基层单位工会主任上，"光荣退休证"镜框悬挂客厅正墙，与下面紧挨的饭桌上放的搪瓷杯呼应。自后，小姨父很少出门，他总是坐在饭桌边戴副老花眼镜剪报，乐此不疲地成册成册装帧。搪瓷杯里豆浆、清茶和小酒轮番更换，只是洗净擦亮成了小姨的事儿。

　　大表弟参军落户外地成家，表妹离婚再嫁平平常常过日子，小表弟结婚住在家里，日子很是和融。然而问题还是来了，前不久我上门去看望，老夫妻正在拌嘴，中心是房小屋挤，宝贝媳妇妊娠要添小孙子。听小姨在埋怨，你咋的这么"藤"（杭州话"藤头"，固执的意思），局干部都分配住房，你名单应该还在，有资格享受的。小姨父摇头，企业退休，我怎么去伸手。其实当年作为局干部下去指导工作，编制有档案可查。但小姨父缺心眼，只是说："云，别急，我会想办法的。"

　　什么办法？当我得知小姨父东奔西跑地申请了安置房，又卖掉自己城里住房扩面，倒腾到丁桥置换了一个特大套。搬家后我去看他，他乐呵呵手端搪瓷杯带我三室一厅两阳台转悠："你瞧，光线充足，环境清幽，家具电器换新，钱余有多，赚了。"小姨瘪瘪嘴："平庸，就这么个人。"

　　晚霞泻进，满室五彩斑斓，搪瓷杯溢满金光。我瞧着它领悟，为什么搪瓷杯会永不变色，是"定海神针"？这是指在人生大海洋中，心无贪婪！端正，谦让，平安。外婆其实说透了人生的哲学。

　　（原载 2016 年 5 月 31 日《杭州日报·西湖副刊》，同日《人民网》转载）

李晨光老师

认识李晨光老师完全是既普通又失望甚至还有些置疑。因为无论是外表和内在印象，我好长时间总不能把他与"老师"称谓联系起来。虽然自己也跨入耳顺的年龄，早已摒弃以貌取人的心理，然而第一次和李老师相见，面对站着个身体佝偻，皮肤黧黑，颊骨瘦削，脸上布满风干枣皮样皱纹，嚼动几颗蜡黄残牙，瘪塌的唇角不时溢出唾液，颤巍巍耄耋的老人，他分明是个田间长期操劳的衰翁。爱人见我还在亭外迟疑，拉我上台阶，介绍说："李老师，这是我男人，刚退休。"

"好，好！来了就好，来了就好。"他豁着嘴说，连意思都表达不清，哪来的文采？

四周十几个男佬女妪有的在压腿，有的在甩手，有的在摆腰，有的不断地转圈走动，更多的或坐或站呆呆默视，闻声后都朝我点点头。

这就是爱人跟我讲的这群闲散老人，李晨光老师是这个老人圈中的核心人物？

"今年七十九了，还很硬朗。"爱人添了句，口吻尤为尊敬。

"不大，不大！你们带没带杯？"现在才看见，他手里还拎着个竹壳热水瓶。我正要问，爱人已经开口："李老师，你太客气了，我们自己带着水来，还没有喝哩。"

"好好，待会儿要添水，我来，暖瓶里是早上现烧的山泉水。"我晃悠回到二十世纪，这可是老掉牙的热水瓶，现在市面上早绝种了。

老，都是老，一切都是老过了气的。

我无声自叹，从今天始自己也加入过气的行列。

　　三天前，正好进腊月第一日，劳资科把小小的红硬本交给我，还有张从文具店买来"光荣退休"烫金纸，外赠一包精美的礼品。如是，我四十一年的工作画上句号，虽然早有思想准备，但乍接过，心还是一阵恍惚，脚底悬空直往下坠，同事们稀里哗啦的掌声仿佛是在开条壕沟，或者是砌座砖墙，生生地把我与之分开。

　　回到家，还是眩乎，整个人空荡荡的，怎么也不着边，浑身没有支撑点，只有躺在床上安稳。

　　爱人看了着急，她早几年退休，作为过来人，要帮我渡过这一关，今天破晓硬是拉着我出门，说有一处可以合群，泡泡时辰，散散心，吸收新鲜空气，活动筋骨，健身放松享清福。

　　这是离市区不远的风景区，著名的观梅地云峰。可惜今年还不到时候，满坡的树枝上还都是朵朵花苞，在寒风中瑟缩着。

　　这群老人他们难道专程来等待花开？

　　爱人解释，这是他们的聚落处，不分季节花时，也无论晴晦风雨，只要天气不是很恶劣都是会相约一起。

　　也太冷清了。

　　现在是清晨，天阴沉沉密布冻云，偌大的园圃空寂寥落，枯黄的草皮和缀满落叶的小径只有风跑动的印痕，扬起碎尘，摇曳枝干，带动潺潺的溪水也在呜咽。

　　更是这些老人，他们无有声息地集中在亭子里。亭子倒有个雅名，叫"来凤轩"，可惜斑驳陈旧，和相邻的山崖一样苍老萧瑟。

　　我和爱人觅块条石处坐下。

　　同样没有人跟你来谈天，也只是枯坐，哪怕心里有再多的疑惑，就让它滚在喉咙节上，连眼都迷茫了。

　　活跃的只是李晨光老师，无非是来来去去地倒水，多的是自己大口大口喝，很是滋味。杯中碧绿的茶汁体现出他懂得保管，讲究抿饮，话也基本没有，眼神默契。

　　九时左右，有几个游人从后面的岭上下来，老人们开始散了，很随意地用手势相互招呼，先后离去。李老师最后，他到溪水涧中灌满暖瓶，塞紧盖子，装入编织袋，拎起，一步一步晃悠着走去，佝偻的背慢慢消失。

回家我问爱人："你不是让我更添堵啊，跟这批过气的老人做伴，我才退休，什么什么地……"

"什么什么地……你说呀！"爱人瞥了我一眼。其实我们俩之间话也很少，少得一年中可以用指头算得过来。原因呢？习惯了，习以为常，许多必要的沟通都让彼此间感应替代，连唯一出嫁在超市当营业员的女儿，回来也基本如此，这是家风。

今天爱人总算多说了："你喜欢热闹的地方去吗？那些健身、跳舞、唱歌，甚至蹦乐的老人圈你不厌烦，我接近都感到心跳胸闷。"

不用说了，我至亲的爱人，肯定早在我要退休前已经在物色能融合相处的人脉圈了，寻找适应接受我禀性的活动群。物以类聚，人以群分，在这么大的城市，数以万众的退休伙伴中，竟存在我这样的活宝，我只是初次接触，怎么知道适应不了呢？

是的，我不爱说话，但不等于我不会说话和不想说话，我的脑子很正常，观察和思维也很活泛，表面的平静其实肚子里经常翻滚词语，激动时，像沸腾的开水冲击壶盖，可全部在眼神闪亮和暗淡中发散。为什么？经历。几十年来的世道尘途，让我修成闷葫芦，同时，又有种不断陡升的自慰，大智无声，沉默是金，最高境界。

当理解和洞察清楚，爱人带我去的地方我也从内心开始接受。每日天光微亮，俩人就结伴前往。由于车次耽搁，有早有迟，但每每李老师已经提前在那了，站在"来凤轩"中间，与每个到来的人点头。我爱人讲过，他家离这里远，要倒两辆公交，可想应该起得更早，还要烧开带上一暖瓶水。

长时间的坐着，我静静观察聚集一起的老人，眼前一个个竟变得生动起来，从他们的眼神、眉宇、脸庞、嘴唇、耳廓，甚至额上花白鬓发都似有言语在表达，都有活刺刺的字句在洋溢。某老用手磕膝盖骨，肯定和韵击拍生动词汇；此翁瞳仁闪烁，有精彩的华章内心铺排。紧蹙眉头，那是搜肠刮肚的表现，咧嘴摇晃，诗篇佳句在吟唱……清冽的空气，旷寥的亭园，天籁韶光，心骛神驰。也许此时此地的一个静，把尘世都

抛得远远的。老人的时间在一寸寸地移动，多的是对往事沉湎咀嚼，自然津津有味，乐在其中。

一口口的茶水就是最好的明证，你想，不说话又不出汗，哪来的水分消耗，事实上渗入的不是水，是需求的能量。

李晨光老师见我遐想状，挨过来问："你在对话？"

"与谁？"

"他们，这帮糟老头。"他诡谲地眨眨。

"太多了，都藏在心里。"我懂得他的意思。

"是啊，都吃了说话的亏，可都是人，都是想说话的，你也一样。"

"你呢？"我乘机反诘。

"话为祸引。"他挤出这句，兀而又加了句："也不尽然。"

这不是玄机吗？"是吗？"我不置可否地答。

"一句，就是一句。"他很是感叹，再而想听，没啦。

分手时，李晨光老师在俯身枸水间，裤袋掉出团东西在溪边，爱人洗手发现，是一封拆开的信，想唤，李老师已经下山了，交我收起明天转还。

当把信封放在室内电脑桌上，"李晨光先生收"几个秀丽墨笔字把我吸引住了。再看收寄人地址，日期，飘逸的书法，充溢羲之神韵，好底蕴，深功力，禁不住取出信笺欣赏起来。

信笺用的是珍贵荣宝斋笺纸，宽边直竖红线，光洁绵白细腻，俊美潇洒的行书，笔迹如行云流水，苍润道劲，字字珠玑，充溢深情。尊称晨光仁兄，内容是因未能邀请到兄参加孙子婚礼，深感遗憾，而后语气谐趣，说有好事者将在婚宴上听到当年兄台"一句话"的恩泽故事，演述文字贴在网上。"无有此哪有子，无有子哪有孙"，呵呵，愿仁兄福泽长寿，顿首。下面具名是刘彦文、张琬丽。

刘彦文是当今冠领神州的国画大师，张琬丽也是著名音乐教授，这一对事业有成的恩爱伉俪，虽皆年过七旬，还活跃在艺术界，经常在电视和报纸上出现，想不到貌不惊人、老衰颤巍的李晨光竟是他们的恩人！"一句话"是什么因头，值得刘大师亲示墨宝，信内气息可以感受双方关系之深渊无间。我兴趣盎然立即开机搜索，果然在新浪的博客中，李晨光的名字赫然显现，首篇是"烂漫忆萌"撰写，题目为《李老师一句话保姻缘，刘大师子孙绵延时代情》。

所记的事情其实很简略，但由于这位"烂漫忆萌"妙笔生辉，生动传神了一个感人肺腑的故事。

二十世纪五十年代初，李晨光、刘彦文、张琬丽分别从上海华师大、济南鲁艺、青岛音乐院分配到北京新成立的××中学任教，学生大多是高干子弟，所以对教师的政治素质和业务水平要求高。李晨光在学校就是党员，刘和张也全是青年团员，都是年轻俊杰的高才生，分别教语文、美术和音乐，李晨光还是学校支部成员。当年社会充满朝气，教师都积极向上，高干子弟大多简朴低调。谁知不久出现了一桩败坏风纪的恶劣大事，还是出现在身为人类灵魂工程师的老师之中，不啻像晴天霹雳震动校领导。什么事？未婚先孕。哪对活宝？刘彦文和张琬丽。他们由于同在一个课研组，宿舍相邻，两情愉悦陷入爱河，偷吃了夏娃圣果。学校支部紧急开会，意见一边倒，开除二人出教师队伍，交公安部门处理。主持会议的书记是个延安来的老妇女干部，她见一张张愤怒恣张、正义凛然的脸，瞧瞧唯一不发言的李晨光，问："李老师，你的态度呢？"李老师涨红脸，站起身，一本正经地说了句："批准他们结婚，不就成了喜事啦！"

哗啦，其他的支部成员都炸开了锅。

按组织原则，支部要做出结论报区教育局审批，书记提议举手表决，只有李晨光一人没有伸出右臂，还添了句："我保留个人意见。"

煎熬的十几个日日夜夜过去。这天下班后，李晨光还在办公桌伏案批学生作业，明显瘦了一圈的刘彦文带着哭肿眼皮的张琬丽进来，他俩竟惊喜地抓住他的手摇晃说："谢谢你，李老师，学校同意我俩结婚啦，孩子保住啰，你要来喝喜酒的。"

后来，在学校的操场上，李晨光碰到书记，书记说："要敢于发表不同的意见，支部才能做出正确结论。"他知道，女书记肯定在向上级汇报时着重讲了他的一句话。

想不到这个帖后面，跟着与之相关的许多帖，有篇很奇特，网名

"叽叽喳喳",自称民营企业家,是个女的,她毫不隐瞒自己原先是个问题少女,讲述进"少教"学校开始自暴自弃抵触耍赖,在李老师耐心教育和帮助下,唤回自尊自爱,建立健康人生观,还考上高中,读了大专,创业成功。她说自己多次看望李老师,他家住房狭窄家居简陋,却充满温馨,不习惯的是他与师母都无声。"叽叽喳喳"感悟说,人不是活在话中,而是体现心上,只要有颗包容的心,天地都能容纳得。李晨光老师是棵参天大树!

还有许许多多的跟帖。我不明白,刘大师的来信为什么要扯上网中的事,李晨光带着这封信在口袋里,是不是怀揣虚荣向人宣扬。想想不对,因为,好几天相处中,从来没见他说起,揣信的用意是什么?

次日,我想揭开谜底诡谲地靠近他,把信摊在手上。李老师好像很不在意,说:"有人知道我与刘彦文的关系,经常有书信来,说是墨宝,这不,一个多星期了,他没有来?是不是生病了。"

"哪个?"我问。

"转圈子的胡老头,代他儿子要的。"

正说着,转圈子的胡老头来了,他迈着碎步,问李晨光:"你家的电话怎么老不通?"

"你肯花钱打?"

转圈老头自嘲笑笑,拿了墨宝信放进包里。

这时,天突然放晴了,一抹红霞映在空中,满坡的梅苞纷纷绽开,一朵朵红艳艳,黄澄澄,白粉粉都娇憨地争艳,在朔风中无声摇曳,把来"凤轩亭"中众多老人映照得神采奕奕。李晨光老师捧着茶杯在滋滋地品茗,人在我眼中陡然高大起来。

我很感叹,这批不愿说话的老伙计,也许都有自己的故事,社会太庞大了,会时时有各种压力,锻磨人的个性,生生然造就这样一小群喜欢沉默寡言的人,远离尘世以求安逸。好了,这就是生活,这就是世间,只有容纳许多差异,世界才是丰富多彩、美好和融的。

（原载《浙江老来乐》2012 年第 11 期）

城市的色彩

　　两人走出会场，迈步在车水马龙的街头，都不想坐车，耳膜中不息地回荡刚结束的省优表彰会激动欢乐的声响，公司获得七项大奖在庄严会场荧屏上展示，这座刚召开过全球注目的G20峰会的城市，公司承接设计施工的国际会展中心外立面，气派宏伟的航空大厅外观装饰，流光溢彩，城市广场金球凹凸圆弧镜面，以及诸个与西湖浑然一体流畅线条的琼楼玉宇，都得体地突显出时代的新貌，目标只有一个，追求世界一流！现在可以说，秉承传统，打造精品，注重细节，几十年不懈的努力，创造经典的宗旨已经结出硕果，取得殊荣。他俩已接近不惑之年，然而还在争执，经常这样，今天更是如此。

　　中心的话题是"城市色彩"！

　　不知不觉已经登上宝石山，双双伫立在宝俶塔前平坡上，夜色初降，俯视灯光璀璨、湖光山色和远近市区高楼林立，霓虹灯华丽变幻的景象："这就是城市色彩吗？"年龄稍长鬓发已染霜的公司经理抬臂前指，自己在置疑。

　　"满眼的色彩，不是吗？"副手眼睛炯炯发亮，平头，透着倔强，他诡谲地反问。

　　"不，我总觉得，艳丽夺目的灯光其实是在彰显自豪和辉煌！"

　　"这没有错，我们不是一直在追求，正如德国著名的建筑学家彼德·贝伦斯主张，拒绝历史风格，坚持理想色彩。"

　　"哦，不提日本的丹下健三了，但你别忘，作为刚逝世不久的前辈，

他倡导'城市轴'，轴，燃烧历史火焰，你应该知道，需要大胆的探索执意获得的。"

"我们城市已经制定'双核、三轴、五心、十四分区'的建筑色彩规划，你我不是都参与研讨并赞同的。"

"1968年巴黎规划调整把米黄色作为主色调后，世界各个城市也陆续开展对自己城市中纷繁的色彩进行主色调统一的实践，在这背景下，我们都市环西湖及钱江新城双核心，运河沿线标定三轴，五个文化广场和十四块都市大发展格局版图确定的基调是以传统水墨配置明亮淡雅时尚色彩。"经理在自语。

"但这仅是表面！"副手捋了下头皮，其实晚风根本不能吹乱根根茸立的短发，完全是习惯动作。他话中有话道："所以，我们是幸运的，城市色彩，是都市脸面，追崇品质人居的时尚，已经摒弃视觉污染，渴望满眼和谐的色调。"

经理倒让吹来的细沙迷了眼睛，由此感悟道："你说我们几十年在这座城市参与无数的工地建设，那么多的泥沙去了哪儿？"

"推倒重来，堆积递升，地表又多了层历史痕迹，旧的掩盖，新的崛起。"

"后面呢？你回过身，它修长的轮廓包裹着那么多五颜六色的灯泡……"

"你讲的亭亭玉立宝傲塔，怀旧了，是不是？那对面原来倒塌的雷峰塔，重塑不是焕然一新、晶莹剔透、光泽云霄了，时代需要衔接，传统美学保持对称协调，这才相得益彰无比华艳！难道还是乌泱泱十万家烟火泥瓦一片的好？"副手反驳说。

"你讲什么？"经理回眸眦视，"泥瓦！是的，公司创业者当初都是从田间地头拔泥腿出来的瓦匠，乘改革开放的东风，你晓得他们第一桶金色泽是什么？"

"蓝灰色工装，红色安全帽。"

"后来呢？"

"赤赭色的脚手架，黄褐色的挖掘机，轰隆的打桩机，不，少不了那根银白的吊垂线。"

"你我进来时，已经更换激光测量和机械化操作了，我们这代开始用自己理念的设计构思。城市就是在这批前后瓦匠手中渐渐变色的。开始是模仿引进，然后大胆走出去，与国际接轨，现在更多的新一代知识人进来，数字视屏结合工厂化生产成为现代建筑业的主流，城市的色彩从图纸变成现实，但根基仍在。"总经理回忆中深思追问，"你说，是什么？"

副手脱口而出："心火，激情燃烧的心火。"

"还有呢？"

"民族的，自己的，我们时代需要实现伟大复兴的理想和信念。"

"所以，其实每个市民心中都存在着城市的色彩，都在描绘和实践，仅仅三十多年，古老面貌更换成新的繁华都市，正如美籍城市规划专家伊丽沙尔曾经说过：'让我看看你的城市面孔，我就能说出这个城市在追求什么文化。'"

"是的，伊丽沙尔应该看到我们这座与时俱进的城市，一直在为突出自身的亮点和提高国际竞争力在开创前进。"副手作了回答。他接着问，"经理，这就是你需要的点题，城市的色彩是劳动和创造之美。"

"难道还能否认吗？"

"我总觉得尚不够，缺少什么呢？哦，是了。"副手没有说下去，他在大口大口呼吸，轻轻地说，"加上绿色和清丽，简扪与明快，这样中轴点就更加完美，需要的是永远不止步的创新！"

沉默了，彼此其实都还要思考，是的，作为在实践和创新的建设潮人，他们不会停止对城市色彩的探索和争执，但当步下山路台阶融入市区后，坐上司机驶来的坐驾车，双双尾灯红闪，画出的是条灿烂流畅的前进曲线……

（原载《美丽洲》2017 第 4 期）

阿来的眼睛

我总是忘不了他，阿来。

阿来离开已经一年多了，但他那双总是充满忧郁的眼睛，大大的。浮动在淡蓝巩膜上那两颗乌黑瞳仁，从巩膜中溢出让人心疼的忧伤。就是在我俩相拥亲热时，他眼神里飘逸的还是这样色彩，很难见到青春年华中应有的爽朗、愉悦、欣喜的光泽……

我曾问："来来，你心里盛着东西，沉甸甸似的把心灵窗子蒙上薄薄的雾纱。"

他说："没有啊，现在我很开心，真的，在这个令人压抑的单位里，只有你能读懂我的眼神。"

此时，我看到有颗火苗从他的瞳孔中窜出，好似薄雾山冈中有一缕阳光探出。

阿来人蛮高，脸颊瘦削，皮肤上还露出些许淡蓝的青筋，细细地，扭扭曲曲，像孱弱的小蚯蚓在不停地蠕动，我有时害怕它们会爬出来。阿来的鼻梁笔挺，鼻孔圆圆对着唇边细嫩的绒毛，常常会无端起伏，好像轻风吹拂刚出苗的庄稼。

阿来的胸扁平，摸不着肌肉，只有张单薄的皮，下面是根根突兀排列的肋骨，触在指上软软的。他怕痒，还不断扭动身躯，响起令人陶醉的咯咯笑声，一排洁白的细牙漾出淡红的湿唇。

我俩平躺在柔软的草地上，我眯望眼前的情景，突然涌起早先回忆。多像我家乡的野外，姐姐和我一起放羊，两个野丫头没有大人管束下，在空旷的天地里放纵疯狂。跳啊！嚷啊！吵啊！闹啊……羊儿很乖顺，没有因为两个女主人的欢叫而影响甜爽的食欲。汗水把我俩的花布小袄都濡湿了，脱下只剩件单衣。单衣太小了，跟不上抽条般长高的身体，好几处都胀破了。

"闯祸啦！"我发急奔过去指姐姐胸部惊恐地问："姐，这儿怎么这样肿？是撞伤的吗？痛不痛？"

"没有哇！"姐瞪着眼傻样。

"还没有？"我用手指点了点，不想碰到肿块上，姐竟"哟"地疼叫起来："你坏！"她绯红脸跑远了。

妈妈晚上把我叫过去责备，说："你姐要成'大人'了，少胡闹！"

"成'大人'？"我懵懵的好像懂了点什么。

想到这里，我"嘻"地笑出声。

阿来过来诧异问我："你笑我？是不是？"

"大人，做'大人'。"我仍笑着说。

阿来糊涂了："什么'大人'？"

我仰起身，盯住他浮现问号的大眼睛，现在看上去，他的眼睛很清澈，很明亮，就调皮地在他脑门上一指："你是什么时候做'大人'的？"

"做'大人'？难道我……还是小孩？"他眼睛又茫然起来，朝自己身上瞧瞧，拍拍沾着的尘土，把头发上的草屑拉下，挺直腰说："我不是一个大人，成人？"

我扑上去一把把他拉下，顺势在草地上滚动碾压，俯着耳边说："傻样，我问的是你什么时候知道自己要做'大人'了。"

"长个儿了，长得和大人一样不就是'大人'了。"他眼睛眨巴，有些讥讽，好像我问得太幼稚。

我指指自己的胸。这下他明白了，眼光探出顽皮："毛，一根毛！"

轮到我脸臊了："不理你啦！"

阿来见我生气，坐起伸直左臂，指指胳膊的腋下，说："真的，从这

儿看见长毛。"他好像来劲了，打开话盒，与前几次接触时一样，别看他平时话少，闷葫芦似的，与同事争执急了还有些结巴。其实他讲话是很流畅，喉结一上一下，带有好听的男中音磁性：

"真的，珍珍，是初二那年，有次上体育课，我穿件汗背心做引体向上。你知道我现在都没有像样的肱头肌，中学个子又矮，手臂细，老师把我抱起吊在单杠上，好不容易蜷曲腿挣扎到一半。忽然，我看见自己腋下有根黑黑的毛，毛头还卷曲，正迎风抖动，吓得我大叫从空中直跌沙坑中，'哇'地号啕开来！"说到这儿，来来的眼睛竟出现惊恐的光……

"怎么？现在还心悸？"

"不，班主任陈老师来啦！"

已经大学毕业工作两年多了，他还怀中学时代的陈老师。这个陈班主任，我经常从谈话中可以感受到阿来下意识的对她害怕，但不能问，一问，阿来会急，谁！我怕？一个琐碎的老女人，一辈子都不想再看见她。其实阿来的初中班主任现在刚过四十岁，几年前因抑郁症住院了。

"陈老师怎么会出现在操场上？"我问。

"监督我们上课呀！同学们都不喜欢与成绩排名关系不大的体育课！她什么都要管，所以脸上的雀斑一大比一天多。"来来鄙视说。

"后来呢？"

"大家哄笑我，陈老师过来看看还擎起我手臂说，'毛病！'对体育老师讲，让阿来单独留下训练10次！"

我也笑了："你不是习惯处罚嘛，从小一道题做错罚10道。"

"10道，太少了，我九岁那年冬天，一道算术题忘了进位，吃了个大大红叉，罚做100题！想想现在都后怕，小手写肿了，馒头般肿胀，天黑了，爸妈来学校接我，还向老师道谢哩。"

"老师不是一直陪你，她也很辛苦。"

"陈老师和小学老师一样，在旁陪我练好，还送我到家门口。我整个人都散了架，一进屋就趴在床上饭也不想吃。妈问，我将事情讲了，还给她看那根倒霉的毛。"

我"扑哧"笑道："肯定讲你傻样！"

"没有。妈喊爸过来高兴地说，我们来来要做'大人'了！见我还惊恐样，爸爸举臂露出腋下。真的我以前从没有注意过，大人这里都有毛，还浓浓密密的。"

这天，同事叶明组织聚会，约定下班大家都到南山路酒吧乐乐。枯燥紧张的案头工作，人人心头压抑，谁不想去痛痛快快发泄！

铃声响了，我蹦跳奔去叫阿来，推进他的小工作室，在四面都是宝塑板分割墙的中间，他和两个助手还在专注忙碌。我知道最近老总交给阿来一个任务，开发某某行业特级企业的复审软件。企业设立资质等级意味着什么等级的企业可以进入什么市场范围。拥有特级证书则将获得超级权利，光凭证书就可以取得丰厚的管理费，据说年获利千万也不算多。而评级是行业协会的事，国人重感情和融通人脉的传统在这方面得到发扬广大，这下泛滥了，出现一个小小的县就有五六家特级资质企业，引起高层领导的注意。为此主管部门发出重新评审的意见，尽量排除人为因素，开发数字模式软件，用先进的科学手段矫枉过正。我公司参与此项目的招投标，但最终还得看所研制的软件能否采用。阿来是公司软件开发的高手，毋庸置疑地接受老总重托。他组织两个助手，日夜加班，已经个把月了，我担心阿来太拼命忘记休息，想乘此机会一起去放松。

谁知刚推开门，阿来竟瞪着充满红丝的双眼凶狠狠朝我吼："出去！来烦什么？"同时过来不由分说把我推搡到外面，随即把门重重关上。同事们闻声都抬头看我，太让人难堪了，我受不了了，强忍着眼泪跑到外面，发誓再也不理他了！

很快叶明接近我。

叶明是和我从小一起苦读上大学进省会城市的，在这方面我们有共同语言。作为乡下奋斗上来的我，俩人谈起从中学始被列为重点生，集中在学校里，闻鸡起床，寅夜入睡，做遍历届高考题和无数次考试，排名，排名，考试、考试……有着说不完的话。叶明对我很好，但我从他的眼里总感到有股虚伪和圆滑，自卑中混杂傲气。他经常说的一句话：我会成功的，我不能输，也不会输！是的，在他身上隐含着咄咄逼人的

气势，包括生日那天大把花掉两个月的薪水。其实我知道他老家缺钱，但他从来都没寄过。他对阿来这些城市男生很藐视，说他们迂呆稚嫩，长不大，无出息。叶明曾多次指着一幢幢楼房跟我说，他们都是在这样封闭的四周墙里长大的。

墙！是啊，阿来研制软件小组房间里四面都是墙，还要分隔成小单元，再增加立面塑板。那天，他就是从包裹的墙体里冲出朝我吼的！我现在理解，阿来对墙的依赖，如果他在开阔的空间，会缺少底气吼叫的。

记得阿来和我谈过几次"墙"。每当说"墙"时，他那双迷人的大眼又透出忧郁。他说自己从小就面对无数的"墙"。我说是住房？你们城里人空间太小。他说都是。我问："都是指什么？"他说："没有兄弟姐妹，独子一个，从小父母站在身旁，时时不停地听到提醒，妈妈说，来来不要玩这个，脏！都是细菌，快去洗手。哟，不能用肥皂，用抑菌洗手液！过会儿见我在看电视，爸爸叫了，来来，不要老盯着荧光屏，眼睛要近视的，来，爸教你认方块字。你知道吗，我从念幼儿园开始，爸妈就带着我进各式各样的兴趣班，学习图画、书法、钢琴、英语……读小学后又是奥数、作文……反正我的周围都是一个个关心的大人，都是一堵堵挡着的'墙'，包括爷爷、奶奶、外婆、外公……"

他们也是"墙"？我真的不能理解，自己记忆中这些慈祥老人都是我撒娇的怀抱和躲避爸妈责打时保护的港湾，怎么在阿来眼里都会成围堵的"墙"。

"爷爷、奶奶、外公、外婆见到我总是问：'来来成绩好不好，班里前几名？'"

"他们是关心你。"

"也许是吧，只有我这棵独苗，寄托和承受着他们太多的期望。"

我说："不至于吧，你多想了。"

"就是这样的，你没有经历过。带我到亲戚或朋友、同事家去，见到也是这样问话，来来成绩考得怎样，当班干部没有，几杠啦……"此时的阿来眼中变得很迷茫，像有层雾翳遮住，晃悠躲避四面的"墙"。

没过几天，阿来出事了！

这日下午，老总来到阿来工作室门外嚷："快拿出来，不要为一个接口拖时间，时间是金钱要抢先报！"

叶明过来咬耳朵说："老总急了，投标时间到了，阿来就是拎不清，软件都好，测试也满意，现在为了个接口，非要设计连接 WCD 终端，说是最先进的，没有人能赶上。真是一根筋，用户有此端口吗？放着现成的捷径不走，喜欢撞南墙！"

此时见老总把门推开，里面传出阿来解释声，还伴着固执的央求："快了，老总，再给两天时间，就两天，WCD 终端保证能设计连接好。"

"WCD 终端国内刚引入，不普及，我看你还是去休息吧。"老总声调提高了，表现出他实在忍无可忍。

门开了，阿来苍白浮肿的脸出现，他好像尽力在压制自己，胸口一鼓一鼓的，眼睛里淬出不服的火星，只见他重重地倒腾工装箱，胡乱把自己东西一包，头也不回地走了。

我看见，叶明嗖的溜进阿来工作室，听他在说，老总我有现成的接口！

第二天，阿来没有来上班，第三天，第四天都不见人……

叶明告诉我傻小子辞职了！

我公司送上去的软件中标，在这个喜庆的夜晚，老总慷慨地让大家分享成功的快乐。啤酒一支支地打开，烟尽情地吸喷，水果盘一个个见底，激昂的迪斯科乐曲让大家起劲跺脚扭身。叶明俨然成为有功之人，他恭敬地坐在老总旁，只见一闪一闪的光闪中亮出他和老总亲密神情。歌厅前面大荧屏上有个著名黑人歌唱家在夸张地吼叫，而我发现他的眼睛竟也充满忧郁，和阿来一样，不过歌星有幼童样天真神情，阿来没有。

我忘不了阿来的眼睛。

手机上的日子一天天变换，公司里人进人出多了不少张新面孔，叶明升职成为主管，他要调我过去，我不同意。我仍旧喜欢原来座位，因为阿来曾经在我旁边工作过，尽管两人间有宝塑墙板阻隔。

一天，座机响了，是阿来爸爸焦急的声音："珍珍，你能劝劝阿来

吗？他成天把自己关在房间里，我们怎么劝门都不开，要憋坏的！"

阿来的父母亲都在机关工作。挂机后我冲锋似的奔向电梯，打的到阿来家门口，却胆怯了，提不起腿，我怕自己也敲不开阿来房间，走不进那四面墙的空间。

还是先打电话，但每次都传来恼人的 NO 音：对不起，对方现在没有开机。

我狂发 E-mail，还连接微信、QQ，打开摄像头、话筒，阿来喜欢上网，应该说他关在小房间里肯定是沉浸在网络世界飙发自己的情绪。然而，几天，我的搜索也都是 NO！我只得安慰二老，阿来不会出事的，他是在"墙"里。"墙"，二老怎么能够理解，我怎么能够说清。

不久的一个深夜，阿来在网络上出现了，头像明显映出他满脸的胡茬，是电脑的色差还是光线，脸色好像更苍白了，两只瞳仁却出现少有的欣喜，同时伴着他热烈的呼叫："珍珍，我研制成功了，我们去酒吧，我要庆贺啊！"

"现在这么晚了，哪里还有酒吧开着？"

"不管，你得出来，我们一起去寻，肯定会有的，我等不住了！"

无奈，我只得穿好衣衫出去，在约定的湖畔，只见他在大步踟蹰，一见我，紧紧拥抱，两眼都是激动的光，"珍珍，WCD 终端容纳了，你不知道，我是国内第一家获取通道的，这才是真正与世界高端接轨，公司评级软件国内一流。"

我的眼泪哇哇地出来，幸亏是黑夜，但还是被他发现，人呆住了，"你在哭？"

"我高兴啊，不是吗，人一高兴也会有泪花的。"我只能掩饰。

来到家通宵酒吧，不过人已不多，我俩找了个冷静的角落，服务员刚递上精美的酒单，阿来嚷着说："上 10 支西湖生啤。"

我说太多了！他讲不多，他要喝个痛快！

对着瓶口他把第一支生啤咚咚咚饮下，一个响亮的"呃"声发出，畅快！真畅快。"珍，明天我把他交到老总那里，公司一定会中标的。"

"早已过时了。"我只得讲真话。

"过时，不会的，好东西永远是有价值的。"

"公司已经中标了，就是你开发的软件。"

"那个是不完美的，它没有最佳接口。"

"你啊，总是这样固执，市场不是都需要一流的，有时曲高和寡，何况已经定案了。"

阿来像泄了气的皮球，一下子闷了，他只是一个劲地灌。

我拦住他的手："阿来，你回公司吧。"

"不，我不回去。我把开发的软件直接寄给部里，国家利益第一，我不信他们不识货。"他的眼里又淬飞火星。

"你是在公司开发的，专利权属公司，你这样做要违规的。"我不得不提醒，现在 IP 行业老总管的手段厉害着哩。

这下，阿来整个瘪了，他伏在桌上大声号啕。我让他尽情发泄，只是不忍看他那双眼泪狂泻的忧郁眼睛。

直到天亮，阿来大醉，我尽自己力气把他送回家……

已经是秋天了，日历如黄叶般一张张落下，我帮他发了许多求职帖，有好几个单位有面试的回话，但阿来提不起精神。叶明过来埋怨："你也拎不清了，他，你值得这样吗？"

阿来的爸爸又一次打电话来，说有个副区长推荐阿来到区政府网管办工作，还是事业编制。

阿来爸爸打电话是要我一起陪阿来去报到。

我如约来到他家楼下，阿来这次没有固执，穿戴整齐得体，只是眼中没有欣喜，还是那么忧郁，还掺杂羞涩。

到了区政府，我等在外面。

区政府是新建的，体现出堂皇庄严，门口有个标志性广场，沿广场是宽阔的马路，许多往来的车辆时而鱼贯出入，可见政府工作的繁忙和有序。我徘徊在广场林荫道上，两排金桂恣意绽放，浓烈的香味沁人心脾，通体舒畅。

忽然，我发现阿来一人飞快地从区政府高台阶上腾腾跑下，后面紧跟着他爸爸。

"怎么啦？"见阿来眼里含泪，我迎上，他不回我话，也不理睬，还是往前直跑。

阿来爸爸对我说："好好的，正等副区长接见，走廊里有个人轻轻讲了句，推荐来的！谁知阿来一听扭头就跑。"

我和阿来爸同追，一起喊："阿来，你停停！"

阿来冲在马路中央，正好一辆奥迪快速驶过，他被重重地撞飞了。只见阿来在空中翻腾，衣襟张开，如鸟样展开翅膀，但毕竟不能凌空，很快坠入地上，阿来四肢伸展，血汨汨流出……

我们惊吓地奔上前，紧紧地抱住阿来，只见阿来的眼睛圆睁着，他的忧郁不见了，瞳孔里映出是蔚蓝色明净的天空……

（《作家世界》大赛征文《阿来的眼睛》，2017 年 1 月 2 日）

陆外婆

陆外婆在小区里经常让人误叫六外婆，她也懒得纠正，反正差不多，三干娘六外婆民间俗语，指喜欢张罗邻居间家长里短的人嘛。不过，还有人直呼她陆媒婆，陆外婆同样不恼，只是夸张地细眉上挑薄唇拉开鼻子嗯声，耸耸瘦削的肩纠正说："别过时，现代点好不好，热心红娘！"在旁的纷纷点头，是的，仅这数十幢百来个单元内，经陆外婆牵线促成的鸳鸯不下二十对。来法伯却故意指指，陆外婆朝外看，见姜家姆妈低眉敛眼绕着走，她心里咯噔一下，撩开众人傍过去，可是姜家姆妈躲似的拐进楼道，来法伯声响大了："还不肯歇，她家姑娘不领情，别再磨嘴皮了。"陆外婆不理会，跟在屁股后咚咚踏上。

姜家姆妈门未关，一屁股坐在堂前，眼睛水花花。陆外婆自己倒了杯水，喝了一口，说："瞎担忧什么？阿秀花骨朵俊俏，名牌大学毕业，单位又好，挺上进，成天夹着厚厚的书本进出，找个乘龙快婿是迟早的事。"姜家姆妈唉叹："不要宽慰啦，你费心到现在，她三十几了，让书读糊涂，一本本地考证，这不又在进修，说要拿什么注册会计师！怕我烦，待在宿舍里不回来了。"陆外婆一拍大腿，自言道："有门！"姜家姆妈入耳开颜，追问："门在哪儿？"

"我算摸准小妮子的心了，班里呀！"

"班里？"姜家姆妈如坠入云里雾里不知所措了。

"别急，你刚才不是讲她在进修注册会计师？"

"我跟去瞧过，全是上年纪的男女，这样的班还会对上人？"

"缘来啦！"陆外婆确实是有心人，她是看着阿秀娃囡过来的，前前后后说过几个，确实太文静、太本分，未成，她总搁在心上留意。其实今天一早她是为这件事出来，现在细眉舒展薄唇津润布在姜家姆妈耳根，嘟嘟一说，姜家姆妈瞪大眼珠："真的！"

是啊，谁家大人对待在家里单身男女不揪心，特别是女孩子，陆外婆有个形象比喻，找对象如登山，年龄如台阶，一岁岁上，男孩子能回头后顾，姑娘大多只能朝上，渐渐地旁边同龄人少了，剩下白净净几个，进出小区人人都暗急，拿句时髦话，剩女成了现代都市家长的忧心事儿。来法伯口无遮掩，还是老底子好，大人做主，红帖交换，洞房花烛夜见真容，多简单！遭众人劈头盖脸一顿批！

果然，没多久，阿秀搬回家住了，前脚刚进，后面跟着个帅小子，圆脸朗目，亲亲热热叫声伯母。陆外婆也现身了，不过她没有进门，直朝惊喜忙乱的姜家姆妈眨眼。

成亲这日，来法伯端着酒杯装醉问陆外婆："你有什么法道解决小区老大难事？"

陆外婆啐了句："少嚼舌头，黄汤多吃啦。"

"我与时俱进，早已换红酒了，软血管的。"四周桌人都哄开了。

其实，姜家姆妈感谢万分，原来，陆外婆牵准红线，她老头子远房亲戚的一个上司的儿子，是税务所的，同样是个书蠹，三十多了，有了本注册税务师，还考注册会计师，正好跟阿秀一个进修班。陆外婆抓住时机，旋着圈子兜，终于水到渠成，成就好事。

尽管早先瓦房木屋现在楼寓阳台，其实日子大都还过着平常的烟火生活，人聚居少不了三干娘六外婆这样的热心人，她们像胶泥样把松散黏合起来，不信，你想想，自己身边不是有吗？当烦事涌来，肯定也会情不自禁地去寻她们叨唠的。

（原载《美丽洲》2017 年第 2 期）

我是成都人

最近因业务洽谈，多次去成都，每当我踏上这座城市，总会对接待的当地人说自己是成都人。主承客意，舒眉展颜应，是啰，一家子嘛！说真的我并未虚情，嗅着这都市气息，会陡然升起近乡情更怯的感觉，冥冥之中我笃信自己就是成都人，当下热播的《三生三世》时更觉得上世我肯定生于斯，要不来世我定长于此。那么钟情缘在哪里？

也许是个痴字吧！

其实我与成都仅是过路人，雅点讲游客，工作层面上说是干事来的。虽然时间跨度逾越三十年，扳手指来回仅七次，累积日不到一月，哪里来的如此矫情？

不，是爱的使然。成都总让我梦萦魂绕，走近成都会产生完全与其他城市不同的感受，且远胜，包括本籍所在的天堂杭州。

为什么？

俗一点可以套"新奇"二字，但此"新"并非你到个陌生城市感受的新鲜感；这个"奇"也不是见到不同习俗和旖旎景观的奇异欢忭。成都的"新奇"固然有不变的古迹坐标，府清两河的秀丽，宽窄街间市井，茶肆酒楼气氛……但融入我心的应是她不息流淌沉淀的底蕴，承接古今又始终朝气蓬勃，随光阴不断变幻闪出的亮点。不逮远，取近说吧：前不久发现三星堆金面青铜人像震惊世界考古学者，它竟融合埃及、巴比伦、希腊、印度和中国三大古文明，颠覆古人类学者智人起源从非洲走出途径的定论！新设立的成华区大熊猫繁育基地，成都人把一只只憨厚

可掬的使者将神州友谊愉悦世界。至于宏伟排闼西南大都市崛起的琼楼玉宇、春熙大道的繁华商贸，时时颤动世人灵脉。

尤其成都的大气！此大气并非商埠重镇、经济中心、权重京畿等奢侈嚣张，而是充溢与生俱来淡泊从容怡然的风骚。可见，成都若无充裕物产，厚实文脉，几千年历练，特殊的地理位置是体现不出来的。不信？你只要掬起穿梭内城河中的水，能感受到雪山汩入的凉，都江堰漾进的温，峨眉青城掺杂的纯，咂一口如此爽冽尤似把天地融入腑脏！

更是成都的度量，正印证有容乃大的气概。成都这座西南府郡竟容纳东北的豪爽，中原的侠义，南方的火热，江浙的勤劳精细，晋徽闽粤商绅的谋略和湘鄂赣的英烈。当然，有几次浩劫外省人口填川的因素，然而其溯源还是在沃野千里的平坦，莽苍秀丽的江流，温和岚雾裹罩的自然生态，以及文史豪杰的慧颖熏陶。司马当炉，诸葛治蜀，李密陈情，谪仙仗剑，杜甫茅屋，以至近代巴金、郭沫若，别忘了还有千古流芳花蕊夫人那首激励诗："君在城头竖降旗，妾在深宫那得知。十四万人齐解甲，更无一个是男儿。"让人在嗟叹之中奋勇。此后一代代壮士相继辈出，雄伟！铁木真铁蹄止于钓鱼城那一幕，改变中世纪格局，孕育出欧洲文艺复兴；更有伟人中国梦总设计师"春天的故事"，啊！天府成都，正是荟萃四乡八邻的气概，才有如此容量，唯此恢宏无以匹敌。

其实情到高处即是淡。有道是"大音希声，大象无形"，成都人绝没有追赶潮流急吼吼的步伐，也不会有日进斗金的希冀或锱铢必较的猴态，他是那么的超脱无为闲适恬然，这难道不是公认的吗？那么你是否知道根须在哪儿？人，成都人独有的秉性所在。讲个实例吧，有天友人携我参观"成飞"，流畅的现代化车间高精尖的设备操作，机床前每个工人那么地缜密专注，眉宇间闪烁自信，仅一个起落架，280个大小部件配置，都是在一块特殊钢中铣镗刨钻压车中形成，且不能有丝毫误差。是的，"成飞"的雄鹰翱翔祖国蓝天，歼型机先进序列让敌人畏葸！如此精细的岗位我悄问收入？答：月资5千。不禁愕然！他转过平和的脸更让我赧愧，精神与物质在成都人心中竟能如此淡泊。下班友人邀工友同去小餐，在一个绿荫浓郁的湖畔餐间，鲜红的浓汤在热锅中沸腾，揶夹入口的麻辣阵阵刺激鼻咽，回味却很爽朗！不怪，我熟视旁边置有张麻将桌，108块耸立的牌已组合方阵在等待饮后消遣。这时麻将的静和火锅的闹都在一个室内共存，空间流淌的是写意韵泽——淡然放松吃喝玩乐，成都人最懂得休息，这样才更懂得工作，此话伟人说过，其实成都人早已娴熟。

笔涉麻将，总得说几句吧，因为麻将与成都人的关系可谓毁誉参半，肯定听到过对成都人喜爱麻将的戏言："飞机迎空下面传来麻将和牌声，成都到了。"但倘若把上述我的偏爱观洞察呢？正视判断，其实成都人太懂得麻将体现出的"人生三昧"，最精彩的是那片爆发"和"声！不是说，人生最高境界是"糊涂"吗？由此成都人把麻将娱乐推向极致。

正写着电台在播放赵雷编唱的《成都》，低回浑厚缠绵的音符中敞开心襟的委婉："让我掉下眼泪的，不止昨夜的酒，让我依依不舍的，不止你的温柔……"我双眸不由湿润，好了，我再次深信自己是成都人，因为——

真的走进了！

（原载 2017 年 4 月 8 日《作家世界》）

在高空编织彩虹

在高楼外墙工作的人，有个非常形象的称谓——蜘蛛人。平常我们经常能够看到的物业清洁工，悬着吊篮拖拽水管系紧安全带在上下晃动中冲刷拭抹，从下仰视，移动的身躯和伸展的手脚确同巨蛛伏附壁面，他们的敬业精神让人由衷发出敬叹。还有一类工人是随着城市不断向高空攀升，无数摩天大楼从蓝图变为现实，高空作业的建筑施工工人，在离地面几百米的外立面上操作，把一块块玻璃幕墙按照设计的几何图形装饰，焕发出美轮美奂的城市色彩，如果当代有最可爱的人，他们就是其中之一。他们风趣地说，自己在高空编织彩虹。

是的。现在我身临其境，站在新城号称浙江第一高楼 56 层施工区域，头上是密麻的钢梁砼柱，四周是厚厚裹紧的壳板围挡，留有透空的窗口，风受到阻挡愤怒地从外面闯入，狂嘶呼啸，沙粒和尘土伴随起舞，各种嚣张的机器噪声震动，感觉到脚下始终在微微颤动，建设中的巨宇像拔起的定海神针，碧蓝天空犹如大洋宽广，云蒸霞蔚，把墙外与我贴面相视的秦工照耀得通体彤亮，包括他工作的台面和停驶的轨道桥厢。桥厢不大，长 2 米、宽 1 米、深 80 厘米，有钢绳悬吊，两道槽嵌在轨道上，电动升降。人、工具、物都在一起，虽然固定，但毕竟凌空晃悠。我探出头俯瞰，下面是如豆大小的滚滚车子和人流，落差如此之大，心禁不住悚慌忐忑，随口问："你每天都这样？"秦工没抬头，他正用校正仪在调整窗框方钢上螺眼角度，此时，只见挂在胸前的手机嘟嘟响起，荧屏上闪烁图案，跟他一样的戴着橙色工帽肖像，他抹开，出来个画面，是勾满丝条，还有跳动文字，注明数字。

"下面传来的？"我问。秦工点头，他似乎还在犹豫，用厢体内的激光器测量。脸红了，拉开嘴，才看见，他唇上还留着黄毛。"下面人在指挥，有专控？"我问。"是的，全都是现场网络联结，还应用卫星定位，百年大计，质量不允许马虎。"他操作着，很快修了个斜面，放入活动螺栓，一共48个孔位，桥厢上下他专注着打好。他从外跨了进来，拿起地上的大茶缸猛饮，解下脖上毛巾揩汗。我问："不到三十吧？"秦工嗨嗨："娃都上幼儿园了，还年轻。噢，对了，我面相太嫩是不是？上次去马来西亚还真的出过洋相。""怎么回事？""业主方要赶工程，我们从安哥拉工地上临时抽调前去，穿着工装，背工具包让海关拦住。""为什么？""年轻，不过亮证后很快释然了，彼此用英语聊了几句。""你们国外也有工程，高楼？""是啊，在中东，我们还与德国海德门合作。"他很自豪，露出雪白的齿，啧啧有声，"中国建工国际上都不输人家。"多骄傲！

秦工又跨出去了，原来，又有个桥厢上来，里面是大块恒温加工好的中空玻璃。一个同样年轻的伙伴，用拉吊拽起，稳稳地安装在窗框中，秦工用专项工具固定螺栓。这时，夕阳西下，玻璃反射出五色光芒，散射天空，涌动出一条辉煌彩虹，此时此景，好美啊！在这瞬间的绽放，是高空工人在用心灵描绘，将永远凝固在这座新兴城市地标中。

如果说，现在谁是最可爱的人，我想秦工他们在高空作业的一群人是承载得起这样的称号。

（原载 2017 年 4 月 8 日《上海建筑时报》）

信　期

　　本科毕业，凌贞面临人生选择的岔路口，坐标不同指向，一是继续读研，以她的成绩在本校深造也会顺利晋级；二是结束学业，踏上社会求职工作。同寝室的密友茹兰多次相劝，与她一起攻读，取得硕士学位，含金量高的文凭，择业的选择余地大，攀枝高登实现理想目标机会也多。凌贞开玩笑地说："你要是男生，我肯定与子执手一起上进了。"茹兰傻瞪着眼不知凌贞说的含义？到头来醒悟，揉了她一拳，你够闷骚的。

　　凌贞的回答其实已经做出决定，她果断放弃深造，开始觅业投档，不久，进了家不错的公司上班，很快适应自己岗位。过了一年，也找到自己的另一半。平平实实地过起小日子。当粉囡囡的婴儿抱出，欣喜和忙乐夹着锅碗瓢盆交响曲，小窝充满温馨的气息。

　　生活像条细河曲里八拐地流淌，岸上四季变换有声有色，孩子蹀步，牵手进幼儿园，挎上双肩包上小学，凌贞又开始进修学业。她报了所名校读在职研究生，还接连考了几个中级执业本本，职位也步步晋升，成为企业中层骨干。如今的凌贞，一套适身的职业装，略施粉黛的面庞，开着私家车，俨然成为一名成功的白领佳丽。

　　茹兰读研读博连续数年寒窗结出硕果，捧着含金量极高的文凭，十分顺当地找到自己理想的工作，稍做努力，成为科研组的新秀，专业声名随之鹊起。可是眉宇间总有丝阴翳，老大不小了，不去想它，可日子点着鼠标吱溜溜地过去，眼看三十离近，不由莞尔一笑，女人的年龄好像登山，一个个台阶上去，回头看看，怎么身边多的是剩女了？

这天相约在公园里，凌贞的孩子甜甜地对茹兰叫了声"阿姨"，茹兰内心一阵隐痛。说话间，茹兰自嘲地说："也许你当初的选择是对的，我把终身大事给耽误了，是不是最大的损失？"

　　凌贞不那么认为，说："每个人都有自己的选择，率性而为才是真实，婚姻和事业不能简单地画等号，也不存在得与失，你瞧芳草丛里的各种花，开放的信期都不相同，只要用心去呵护，伊甸园永远都会有甜蜜的爱情之花盛开。"

　　"你在说信期。"有个带磁性的男中音冷不丁地在她们身后出现。凌贞回头，还真机缘，早先的学兄在此相遇。"你不是出国进修了吗。"学兄说："出去不是又回来了。"他主动向茹兰伸出手，"怎么，不唐突吧？"

　　茹兰略带诧异含笑面对。他们前天曾相遇，在市专业会上，刚好在一个组里，学兄跟她说："我们研究的是同一个课题，我一直在关注你，你发表的论文我一篇不漏地认真读了，很受启发，给我个机会，我来找你。"当时，她对这个"找"字没有多少思考，但学兄对自己学识关注认可，还是有股甜甜的奇妙感觉。

　　凌贞察言观色，捕捉到二人眼光中的碰撞，语含深意说："不仅是唐突，还太戏剧化了，你是在把握信期？"

　　学兄很爽直点头，"是的。"流露几分诡谲。

　　凌贞带着孩子识趣地走了。

　　此后，凌贞关心这事，想解开谜团。问茹兰，茹兰也不避讳，不是信期，是信息，专业会上我根本没有想到他还单身，他却已经了解我，那天是特地追到公园表白，执子之手，一起攀登。他还很自信。

　　不用问，茹兰的语调也已做出选择。不久，他俩的婚礼热热闹闹地进行。

　　其实，青春男女婚嫁没有那么多的枝枝蔓蔓，每个过来人都有自己的故事，都有不同的选择，花有信期，人有爱恋，生活总是丰富多彩的，但愿天下有情人都成眷属。

　　（原载 2012 年 6 月 5 日《今日早报》）

洪金叔

我家是小业主，有三张织机及牵经摇纡翻纱等设备，雇用亲戚帮工，其中有两个学徒，洪金、兴法。他们同庚同肖，大我八岁。排辈分我要叫他们小叔。洪金叔个子矮，瘦弱，眼睛滴溜溜转，显得聪明机灵；兴法叔身胚壮硕，一副蛮力，常常遇事转不过弯。你想如此不同的个性，学机纺手艺，谁优谁劣呆子也知道。可是我爸不喜欢洪金，却偏爱兴法。是老实忠厚？不，按同在操劳翻纱的我妈说，兴法闷葫芦，跟你爸屁股转，毛栗子多吃虽学得慢却肯琢磨。洪金心思漾，看似懂了，做不到位，还三多。咋个三多？喜唠、嗜睡、贪吃。这些在我眼里全是大人惯的呀！我们小伢倒蛮喜欢。为什么？洪金叔天生好口才，不知从哪里听来一肚子有趣故事，讲的都是呆大佬，只要他贫嘴拉开，织机也会噼里啪啦欢闹。爸有客人来，常让他上桌，往往同桌生意上的朋友，听他绘声绘色讲述，个个会手端小酒杯前俯后仰，眼泪涎水流出。阿爸朋友熟人家想要闹热，也时时上门来叫，好几次我都跟着过去。洪金叔讲的故事太受大家欢迎，不信，我转述一二：

　　某家三个儿子，这天要陪父亲做客，借来件长衫，老大穿着太小，肩胛撑紧吊角露肘；老小穿着太大，拖地晃荡走路磕绊。只有老二合身，上下般配，有模有样。但最怕的是让二小子出门，他呆啊，往往会在场面上出洋相。但对方交代要带儿子，客遵主意，无奈，临出门时，父亲再三嘱咐，上桌要斯文，不能乱动筷子，坐在我旁边，记住，长衫腰襟上有根细绳系着，我拉住，看我眼神示意，绳动，撩菜。老二说，爸你放一百个心，不会有错。其实主人家是有心找个女婿。进门嘘暖客气，见带的儿子模样周正，举止文静，心自喜欢，从衣襟挑话头，摸摸布面称赞。老二忙阻拦说："轻点，是借来穿的。"老爸急瞪眼，他未领会顾自直说："本来我哥来的，只是衣裳太小，让阿弟穿又太大，我试很合身，所以爸带我来的。"闹得他爸脸红一阵青一阵。主人倒没有见外，觉得贫家孩子老实。请上桌后，爸拉他坐一起，起初很听话，不言不语，双眸盯碗不时瞟爸。爸拉绳线，他提筷子撩菜，悠笃笃细嚼慢咽。主人家母女在门帘后窥视，看小伙子稳重有礼，感觉甜滋滋的称心。然而，不久出事了，刚才还好端端的，不知道咋会发人来疯，筷子突然似飞轮颠乱，刚夹菜塞在嘴里咀嚼，又着忙伸进另只碗撩往口里送，七上八下，满桌狼藉。他爸实在气极，训斥喝阻！可是老二仍不睬不顾，嘴嘟哝："你不是在拉？"拉！是的，线不停抖动，原来有只狗钻进桌下嚼骨头，脚被系在长衫襟扣的绳子套住，急于挣脱，频频牵绊，呆老二自然跟着动作，洋相百出……

正月，有个丈人到女儿家做客，亲家热情相留要他多住几天，每日好菜好饭款待，但丈人心里总不满意，虽然桌面放的菜不错，肚内小九九倒腾餐厨里那碗鲞蒸肉为啥不拿出来，太不给面子了。因为老底子春节请客讲究压桌菜，鲞蒸肉上品理应端上的，何况自己最喜欢吃。为此生闷气，两眼眈女儿，觉得她在家没地位，受欺侮，愈想愈火冒。这天一早，见厨房没人，他进去把碗鲞蒸肉扣进戴的毡帽里。毡帽是呢绒压打的，很厚实，能为头部挡风遮雨。丈人不打招呼，直接出门咚咚外走。女儿发现问，他不睬，亲家夫妇面子下不来，哪里亏待了？赶紧上前挽留。一人拉一只手，恳请老丈人不要走，再留

几天。丈人不依，倔扭身子。虽然是大冬天，拉拉拽拽，都是用力使劲，加上丈人心虚，头上冒起热汗，毡帽不透气，积冻的鲞蒸肉烊化，酱红卤水流出，闹得满脸瞠淋汁。女儿惊吓慌忙掀开毡帽，亲家瞧见，明白，啊呀！忙解释，媳妇他爸，你多心了，不是我们舍不得拿出来请客，这碗鲞蒸肉年前煮的，日子久发馊走味，怕吃坏肚皮。丈人羞愧，颜面都丢尽了。

……

这些家常里外的段子，洪金叔说来，语调抑扬顿挫，自己不动声色，往往先铺垫，逐步延伸，一层层下来，后抖包袱，能不惹起众乐吗？隔壁的何老板，街口大升纸铺主阿昌伯，邻巷木匠作坊隋师傅等坊邻有客都唤他去陪，你说，洪金叔嗜吃这个吃能指责自己过错吗？酒足饭饱自然多睡，睡得深沉香甜。其实，洪金和兴法睡在机纺间上面搭的阁楼上，悬空立柱拴在房梁中，地方小得可怜，无非一人一席下面硬邦邦木板，一面靠墙三面空荡荡，车间机杼声震耳，穿堂风来去，何谓舒服？我贪欢顽皮，常会像小猫样冷不防避开大人攀梯登上，钻进呼噜噜打鼾洪金叔被筒里，捏鼻子、拉耳朵、胳肋窝、挠脚板，洪金叔只是"嗯嗯"躲闪，涎水湿枕不会转醒。有时我蜷在洪金叔身边过夜，听他唠一个个有趣故事，梦里都会笑出声的。

（原载 2017 年 7 月 11 日《深纹路》）

三干娘

　　"三干娘六外婆"这句俚语，是民间对喜欢在亲邻间传嘴儿轧是非管闲事凑趣闻人的贬词，其实深品这味儿，还有种暖暖的内涵，浅浅的牵挂。凡世俗胎，烟火人家，针头细脑过日子，常会遇到挠心闷困的烦难，扯瓜拉藤纠缠堵塞，清官也难解的苦恼，说不定会不由自主想到她们，或者她们会嗅察前来搭手，冷灶冰锅下添把火，愁闷时送阵清爽的风，所以，从某种意义上，她们是芸芸社会少不了的角色，世俗需要的热心肠，尤其与时俱进的时下都市，高楼大厦林立，幢幢单元房层层保安门，人与人、户与户都生生地被钢筋水泥墙隔离，彼此疏远陌生，社区管理业主会动议，"三干娘六外婆"似乎随之销声匿迹。是吗？不尽然，须知，套句俗话，市井文化源远流长，家长里短的琐碎，不可能件件登堂入座，门槛坡儿高不自在。亲！好在政府细察，倡导邻居节，把人的关系拉近，不过，"节"总是有时候氛围的，不可能团坐一起吃茶聊天谈家长里短的糗事！所以，少不得，"三干娘六外婆"的存在。不信，瞧，她来了。谁，咱小区的三干娘。

　　三干娘倒是姓甘，排行老三，但称呼不是由此产生，却赖于她丈夫的小辈，杭州人习惯叫姨妈的男人为"干爷"，旁人转而唤之正好符合了个性爽直喜欢揽事的她，"三干娘"头衔分毫不差，在这一亩三分地的范围，很有名气。

　　三干娘今天咚咚咚长腿阔步地走来，是阿孙嫂那个犟老头牛脾气发作，一早阿孙嫂哭天抹泪地找她诉说，三干娘不劝慰，只是倒了杯茶让

阿孙嫂坐等，自己跨出门来揪孙老头，她知道，孙老头在哪儿。小区健身的长廊板凳上与一群退休伙伴嚼舌头。孙老头正兴趣十足在扯谈国内外大事，瞥见三干娘盘髻蓝衫的影子，赶紧刹嘴迎上去，拉住三干娘站到绿荫小径中，不说话即把掖在里衣袋中的房产证掏出，讪讪说："摸了几圈，月归钱光了，伸手要不肯给，吓吓老太婆的！"末了，还装副可怜相。三干娘瞪他一眼，不接证，回过身朝前走，孙老头尴尬跟在后面，没几步轻咳问："阿娟还蹲在你家？"三干娘这时站住朝他逼视，眼光火辣辣让老孙头浑身不自在，话句句重锤击耳，"你两口子别做戏了，阿娟回来，没有说一个字，告诉你，阿娟已经住进公租房了！还是当心自己儿了，盯着你房子哩！"老孙头仿佛被扇了个巴掌，自己不成器的后代，催着要公证，不让妹妹分遗产！"三干娘，你都知晓！"老孙头转话题，"其实这证么，我就是防老太婆糊涂，此事正央求你解烦呢！"见三干娘不搭理，老孙头没事找事见三干娘手臂上多了个红箍箍，装作惊讶问："你也参加护安队了！学京城朝阳小区，好事嘛！"

这时，弄口陆外婆在唤："三干娘，快，别迟到！"

"家里门开着，你啊，多做点公益事，心才会放大的。"说完，迈开长腿咚咚咚步伐矫健，"都七十多了，还这么有劲儿！"老孙头对背影凑趣称赞了一句。

田奶奶的河埠头

　　田奶奶本不姓田，田是随丈夫的称谓，此地名田家湾，田字冠户多，很自然她进门后，从田媳妇到田妈妈、田嫂子，不知不觉岁月漫过，田奶奶自己也记不得什么时候让人叫上的。好在她心地宽，一张胖墩墩的圆脸，一头银白头发，把脸上的红润衬得滋润矍铄，不过，密布的细褶，让人能体谅到她也是辛苦操劳过来的。

　　田家湾在早先是个村，在城墙边，小河塘泽碎块地种着茭白、荸荠、莲藕、水菱，养鱼扪虾挖河蚌，一年四季不歇。十几年后市区扩大，城墙拆平修大道，土势填埋，河塘上就建起了国营工厂，因为此河是中河连接运河的通道，所以弯弯曲曲仍在。村里的劳动力都安排进厂里，上班下班俨然都成了城里人。田奶奶是在食堂工作到退休，想不到没几年偌大个国企华丽转身外迁，田家湾开发房地产了。好在名还未变，只是新楼宇耸立，多了不同口音的人进来，田奶奶住在底层，老伴过世后单居，不是子女不孝顺，他们鸟样地分散在外，劝她过去她总是不动身，应该是乡土依恋、故地难舍吧。

　　是的。老乡邻都看得出，田奶奶是舍不得那条浅浅流淌的小河，不，确切地说，是以前在她家门口至今还在的河埠头。几级让青苔铺得滑溜的宽石板一直伸入清澈的水中，时时有鱼虾唼喋。她会长久地站着望着，天气温热时就傻傻坐在边上，脱掉鞋袜把瘦削厚茧的双脚浸下，眯缝眼睛寻找记忆的碎片。她是不是在想，当年自己是坐一艘小船，在吹打声中蒙着红头巾走进田家的，这六十多年的日子怎么一晃就过去

了！抑或她想起第一个孩子呱呱坠地，是个大雪天，产婆急匆匆从河埠头踏上来，煮热的河水雾腾腾。女儿三岁那年龙抬头这天，岸上的槿枝条正疯长新叶，采摘下来揉出汁加河水洗，头发一直光涓至今。哦，对了，那个糊涂的醉酒老舅大过年饮多黄汤，出门让西北风吹得在河埠头落水，是大家七手八脚用长晾竿捞上来的。

平时胆怯的自己，怎会那么冲！她不让厂里将污水排进河内，去敲打厂长办公室的门。厂长讲关住这窗，明天给封掉！但很长时间，小河变色了，一天比一天乌黑，上面浮着垃圾，恶腥的臭气熏得眼睛流泪，两边的树叶再也没有绿色，枯焦萎败了。河埠头上的青石板结满污垢。孩子们再不下水扑腾，全成了旱鸭子，用木盆洗澡。

开发商动工的那段日子，更是泥浆横溢，他们想撬掉河埠头的石板，开个口子倒渣。她见状仿佛在掘自己身子，奔了过去拼命，邻居都拥过来阻止，才终于保住。自此，田奶奶拉起几个同龄女眷到居委会支持，沿着小河守卫，想不到竟成了习惯，后来索性手臂上戴起红袖箍，有模有样巡视起来，哟！报纸上还发了照片。小河水开始变清了，随着全市河道整治工程的进行，田家湾小河风光绮丽，两岸筑起石条整整齐齐，绿树成荫，花团锦簇，田奶奶更舍不得离开了。

那么河埠头哩！它也有新的故事了。

一批批年轻的志愿护河队员加入，白发苍苍的田奶奶带着他们来到河埠头，她饶有兴趣地讲着经历过的故事，河里的鱼虾仿佛也有了灵感，摇鳍摆尾，舞爪举螯，漾起串串涟漪。

（原载 2017 年 5 月 26 日《杭州日报》，"治水征文"三等奖）

爬了一辈子山的杭州老人

西湖边的山大家都爬过

用英文写的关于西湖群山的书你看过吗？

本报讯：再过段时间，一本名为《西湖登山撷趣》的书就将在全省各大新华书店上架，而且是中英文两种版本。作者许益民是位虚龄已75岁却精神矍铄、思路清晰、能说会道的老人，之所以笔名叫"曹家桥"，是取祖籍萧山曹家桥之意。老人家出生在杭州，儿时便爬遍杭州群山，即便现在，仍保持着隔一天便去登高的习惯……

记者 殷佩琴

60多年前西湖群山上野果番薯随便吃

爬山这件事，许老说自己真是从小就喜欢，"那时候又没娱乐活动的，一到暑假，肯定是去爬山。赤了双脚，约上几个小伙伴一起，兜里揣着3分钱，买一个菜瓜，大家分着吃，那叫一个开心啊。"

许老这句"从小"，真是要追溯到60多年前了，当时他也就是个十来岁的伢儿。暑假，家里大人忙于工作，调皮的男孩子们总是一大早就结伴出去玩。在山里摸爬滚打玩了一天，太阳快落山时，就能见到那几个满头是汗、身上沾满泥巴却开心地飞奔下山的孩子。睡一晚后又生龙

活虎，第二天继续上山。

"现在政府重视老百姓的健身活动，山上修了很多游步道。五云山、南高峰、北高峰、十里琅珰、老和山……我们小时候那全部是泥地土路，从家里出发先走到灵隐或者虎跑再上山，一出去就是一天，早饭么吃饱一点，山上野果子很多，山里农民种在地里的番薯，各种瓜，路过么总要进去弄点来吃吃的。即使被发现，人家看到小孩子也不会说什么，最多喊一句'表（不要）挖'，那时我们早就挖了逃掉了，哈哈哈……"

长大工作后，许老一直保持着爬山的习惯，只是不同于儿时的玩乐，后来是以锻炼身体为主，退休后开始系统规律地爬山。70岁之前，许老保持着每天早起登山的习惯。"每天，无论下雪、下雨、冰冻，从不落下。早上5点多起床，冷水一冲就出门，冬天也一样。下雪天山上的景致非常特别，很美很美，山路实在不好走，就脚上绑着稻草上山，有一回捡了两片麻袋片，一片一片铺着往前走。"许老说，爬山必须要坚持，三天打鱼两天晒网肯定不行，现在的他把爬山的频率降低两天一次，基本都在家附近的宝石山或者吴山，远的地方不去，但爬山这件事绝不能停。

一座山一棵树一块石头都有历史故事

这么多年下来，许老基本登遍了西湖群山，大杭州范围内的一些山也去过。75岁的他现在爬北高峰，40分钟就能到顶。退休返聘的许老目前是某集团的高级经济师，眼睛不老花，思路那叫一个清晰，对数字更是相当敏感，他说自己的身体没啥毛病，这多半要归功于爬山，"爬山对体魄、眼界的提升真是无穷无尽的。"

相比小时候，许老现在登山的装备要丰富得多，双肩包、登山杖、帽子、太阳镜、护膝、登山鞋、毛巾、巧克力，外加一壶水，有时走得远了，还带一包泡面，午饭直接在山上解决，他说每次登山必做这几件事：大叫6次、背部撞树、倒走、踮脚走、按摩颈部穴位。

虽说是经济学专业人才，许老却热爱写作，迄今为止发表过好几部经济学著作和长篇小说，文字功底实在没话说。在许老看来，杭州的每一座山都有故事和文化底蕴，"你无意中在山上遇到的一块石头、一棵树，背后都可能是历史的积淀。山里村民也都是有故事的人，每一次爬山都能发现不一样的东西。"正因如此，许老喜欢把自己的爬山心得写成微博和大家分享，告诉更多人杭州群山的故事，有时也在报纸上发表文章，反响都非常好。

前年，有朋友建议许老写一本爬山的书。"这个提议不错，但我毕竟不是专业的，所以只能写出自己的感受，书名也就选择了'撷趣'。"摄影朋友提供照片支持，许老又新增了部分内容，包括亲测路线推荐等，加上此前的，编写成了《西湖登山撷趣》并于2015年出版。萧山、余杭的5家新华书店都将该书摆在显眼书架上，且销量不错。之后还有专业人士将书翻译成英文版，许老觉得挺好，就请了专业翻译和商务印书馆的专业编辑帮忙校对。"希望让更多朋友看看不一样的西湖群山，特别是国外朋友。"许老说。

现在，许老的书正计划在杭州各大新华书店推广，有兴趣的朋友们很快就能读到西湖群山的趣事了。许老给快报读者准备了20本《西湖登山撷趣》，扫一扫二维码关注"快运动"就有机会免费获得。

（原载2016年7月7日《都市快报》）

长相思（越剧）

故事概要

唐天宝年间，日本国遣使、留学生阿倍仲麻吕在长安京城，与好友大诗人李白一次在曲池游览时，偶遇女扮男装的晁青娘，赠扇生情，李白奏请皇上为二人御旨成婚，并为阿倍仲麻吕改名晁衡，后夫妇在返回日本国途中，遭遇风浪、海盗失散，李白写下《哭晁衡》一诗。获救归来的青娘悲伤万分，庵堂度日，终等阿倍仲麻吕再次返唐，夫妻团聚。

主题曲　长相思[①]

长相思，在长安。

络纬秋啼金井阑，

微霜凄凄簟色寒，

孤灯不明思欲绝。

卷帷望月空长叹，

美人如花隔云端！

上有青冥之长天，

下有渌水之波澜。

天长路远魂飞苦，

梦魂不到关山难。

长相思，摧心肝！

---

①《长相思》和曲在剧情发展中穿插，作为全剧基调。

时间 唐玄宗天宝二年至七年（743—748年）

地点 长安

人物

阿倍仲麻吕（又名仲满、晁衡）：男，24岁，唐朝时日本国遣使，留学生，官任秘书兼卫尉卿（仲）

晁青娘：女，20岁，晁御史之女、仲妻（青）

晁御史：男，52岁（晁）

老夫人：女，50岁，御史妻（夫）

玉　环：女，18岁，青娘丫鬟（玉）

李　白：男，44岁，唐大诗人，翰林（李）

孟浩然、高适、王维诸诗友

家　院：男，60岁（院）

海胡子：男，40岁，海匪头目

卖浑天仪者：男，25岁，落魄文人（浑）

太监、校尉、丫鬟、海匪等若干。

第一场　曲江赠扇

时间：唐玄宗天宝二年

地点：长安城郊，曲江池畔

【开场，明快的音乐声中启幕。

【李白、阿倍仲麻吕结伴上。

李：（唱）熏风吹，花锦簇，春色明媚，

　　　曲江水，绿如染，大地生辉。

仲：（唱）柳色新，山河秀，气象万千，

　　　好中华，民殷实，令人羡美。

李：（唱）离尘埃，踏芳菲，一桩闷愁，

　　　（白）仲满弟，

（接唱）何日里，脱羁绊，散发扁舟。

仲：太白兄，

（唱）蒙赐教，学诗书，同殿伴君，

谪仙才，欢主心，何来忧愁？

李：唉，想我李白，一腔热血，报国无门。此番奉诏进京，意欲振兴大唐，以慰平生。不料长安尘埃，蒙蔽圣君，贵妃宦官，浸淫朝廷，好不叫人烦恼也！

仲：哈，哈，哈，想当初，李白兄吓退蛮书，醉闹杏苑，贵妃磨墨，力士脱靴，长安城中，已成美谈，当今圣上，甚是器重李兄之才。弟远在东夷扶桑，亦有所闻。此番我大唐求学与兄相见恨晚，朝夕解惑，得益匪浅，他日回国不忘兄长教诲之恩。

李：惭愧！仲满弟为求真谛，不辞艰辛，远涉重洋，孜孜不倦，勤学好问，如今业已成就，实在令人敬佩。你看，前面酒帘高悬，必有美酒佳肴，我俩何不乘兴前去，一醉方休。

仲：如此便好，兄长请。

李：请。

【二人下。

【青娘与丫鬟玉环女扮男装，游春上。

青：（内唱）避开了喧繁闹杂的都市声，

【出场

离闺阁乔装踏青出东门，

但只见，杨柳含烟，桃花姹嫣，蝶舞蜂鸣，

好一派春色田园，清爽宜人。

看渭河，轻舟划开水中镜，

笑语盈盈百舸争。

灞桥边，

红男绿女相依随，

自由自在嬉乐行。

叹只叹，

我身为淑女少自由，

兰闺深锁多郁闷。

自古是，儿女情长人皆有，

今日里，我弃裙钗，学少年，扫忧愁，解烦闷，

潇洒倜傥，倜傥潇洒漫步郊园。

玉：小姐，你看——

青：（忙阻）宝童，你——

玉：（自知失言）噢，公子——（笑）

【二人相对而笑。

青：你呀，你给我千万小心。

玉：是。

【远处传来鼓乐声。

呃，公子，前面好不热闹，你我何不前去看看。

青：宝童，热闹之处乃是非之地，你我还是到曲江池畔一玩。

玉：是。

【二人下。

【仲满拉李白上。

李：好酒，好酒哇！仲满弟为何不再痛饮几杯？

仲：日升中天，时已过晌，御驾午后要幸辇骊山，你我还需侍奉，不能
再贪杯了。

李：无妨。醉里乾坤大，壶中日月长呵，我李白斗酒诗百篇，皇上知道
我的脾气，谅必不会怪罪。

仲：谗言可畏，还是小心的好。

李：（唱）食君禄好比笼中之鸟，

闷煞我李太白倚天长啸。

仲：太白兄，

（唱）虽说是玄宗帝视君如宝，

还须要自保重暗防群小。

【卖浑天仪上。

浑：卖宝啊！

【李、仲上前，青娘与玉环暗上，旁视。

仲：此是何宝？

浑：此乃窥天候地的乾坤瑰宝，凡世上所有突变，虽远在万里，皆能顷刻间在机中显现，明测方位，消灾弭祸，实乃人间少有国之无双的珍品。

李：（细视）啊！浑天仪！此宝怎会流落你手中？

浑：此宝乃祖上所传，只因家道衰落，为生机所迫，不得不卖此以解燃眉之急。惭愧！

李：让我仔细看来。（上前细看，一惊）哈，哈，哈，你哄得了别人，骗不了我。仲满弟你看，这机上所盘八条夔龙，口中所含玑珠应对下卧八对蟾蜍之口。可惜仿制者注意传神，忘了此珠能滚动自如，此是赝品。不过制作堪是精巧，不失为一个工艺佳品，令人叹羡！

仲：呵，李白兄，我大唐求学，意欲留此佳品做个纪念，你看如何？

李：是啊！是啊！请问君子售价多少？

浑：既然识破，愿收工夫钱二十两纹银。

李：好。爽快！爽快！

仲：（掏钱）啊呀！出门所带不多，尚缺一半，这……

李：无妨，我有。（摸）啊呀，刚才分文不留全赏店家。惭愧！哦，有了（脱衣）此件锦袍相赠，不知仁兄可笑纳吗？

浑：这……

仲：（阻）啊呀呀，使不得……

【青娘与玉环暗笑，青上前。

青：春风料峭，寒气未消，不能解衣。我这里有纹银十两，请二位收下，购买此物。

仲：素昧平生，相赠重金，实不敢当。

青：区区小事，望别推却。

李：快哉！四海之内皆兄弟也，仲满弟但收无妨，后会有期。

仲：（迟疑）这个……

青：宝童，快去付讫。

仲：（接过）多谢公子，萍水相逢，慷慨解囊，请问尊姓大名，府上何地，明日当登门归还。

青：（警惕，欲走）援人之急，君子之德，此等小事，万莫介意，在下告辞。

李：（拦住）不说明白，受之有愧，如此慷慨壮士，我李十二岂能失之交臂？

青：（喜）你……你是大学士李白，李大人！

李：不敢，就是舍下。请问令兄大名？

玉：（急欲脱身，上前）我家公子是当朝御史之子姓晁名青，行了吧，少爷，我们走。（拖青下，猛想起）哎，你们明天千万不要来还钱。

青：（跺足）宝童！

仲：晁青仁兄，既蒙馈赠，深感不安，请收下此锦扇，以结昆仲。

青：这……

李：（代递上）收下吧，上面还有我的题款。噢，天色不早，宫里有事，告辞了。

青：（接过）谢谢。（目视李、仲下，抚扇）果然是个举止飘逸，气宇豪爽的谪仙。今日得识，实慰平生相见之愿。

玉：小姐，打开扇子看看，里面有啥花头？

青：（打开，惊）呀！（欣赏）

（念）西望还君日，

东归咸有长，

平生一宝剑。

留赠结交人。

大唐秘书郎兼卫卿仲满诗，李太白书。

（自语）仲满，"平生一宝剑，留赠结交人。"

（沉思）

【幕下。

第二场　访友黯情

时间：数天后

地点：晁御史府宅

【幕启，晁上。

晁：（念）丹墀谒龙颜，

　　忠心保大唐。

　　膝下叹无子，

　　一女奉高堂。

　　可笑李太白，

　　散朝语荒唐。

　　何来晁青儿，

　　归府问端详。

　　（白）想老夫年过半百，膝下只有青娘一女，何来一个叫晁青的小
儿。谁知今日早朝大学士翰林李太白与卫尉卿仲满二位大人，却口
口声声要与晁青结交，这……哦，是了，莫非小女她又……待我问
明夫人。家院，有请夫人。

院：是。

【进，夫人上。

夫：（唱）夫君在朝为御史，

　　皇恩浩荡富贵门。

　　（白）老爷，何事相商？

晁：（唱）三月阳春上巳节，

　　女儿有否去踏青？

夫：（惊，隐瞒）

　　（唱）青娘她在家看书又作文，

寸步不离闺阁门。

（白）老爷，出了什么事？

晁：夫人，今日早朝，李太白拉住老夫的手说，要到府上来拜访晁青令
郎，还讲是在上巳节曲江池畔相识。你想我家并无男儿，莫非又是
女儿扮男装在外抛头露面，惹是生非。

夫：（大惊）这……

晁：真叫我有口难言，只得临机含糊应付，我想回家问明情况再作道理。
要是青儿真的这天现丑，传扬出去，如何是好？（逼视夫人）夫
人——

夫：这……

晁：（有些明白）你还要瞒我，家院，传玉环。

院：是。传玉环。

【玉环上。

玉：拜见老爷，夫人。

晁
夫：起来。

晁：玉环，我问你，前几日上巳节，你有否与小姐外出游春？

玉：（视夫人，见夫摇手，吞吐）没……没有哇！

晁：（怒）大胆，家院取家法。（院返取家法上）

玉：（惊恐）夫人……

晁：（唱）你不陪小姐读诗书，
撺掇外出无体统。
若不老实讲清楚，
打断双腿不轻恕。
（拍桌）讲！

玉：老爷休怒，奴婢我讲——
（唱）上巳节风和日丽暖融融，
莺飞蝶舞春意浓。
小姐她，深闺寂寞游意萌动，

玉环我，再三阻拦不中用。

晁：胡说！你为何不禀明老夫人。

玉：（唱）我本想去禀明老夫人，

　　　　小姐说……（瞅夫人，夫人摇手）

　　　　小姐说……

晁：说什么？

玉：小姐说……

夫：（急）玉环——

玉：（唱）说，说，说……

晁：放肆！（击杖）

玉：（躲闪）喔哟——

　　　　（唱）小姐说已与母亲讲清楚。

晁：（怒视夫人）你——

玉：（唱）怕惹是非乔装扮，

　　　　早去早回来嘱咐。

晁：好气也！

　　　　（唱）闺教不严母之过，

　　　　不该如此来惯宠，

　　　　家规礼仪全不懂，

　　　　颜面丧尽无体统！

夫：玉环，我再三叮嘱，出去以后要多加小心，人多的地方不要去，管
　　住嘴巴少讲话。怎么你们会认识什么白啊，黑的，什么虫啊，鳗
　　啊……

玉：夫人，

　　　　（唱）曲江池畔二官人，

　　　　为买宝贝缺纹银，

　　　　欲解衣衫来交换，

　　　　小姐她慷慨相赠十两银。

晁：他们是如何晓得老夫的？讲。

玉：（唱）他们是得了宝贝喜盈盈，

　　　　左揖右恭问大名，

　　　　是我多嘴不应该，

　　　　冲口说出老爷名。

　　　（白）我本想吓唬吓唬，谁知他们……

晁：多嘴，给我下去！

玉：是。（急忙站起）啊呀，闯祸了，我快去告诉小姐。

晁：（拉起夫人）都是你办的好事。

夫：老爷，不要一畚箕垃圾全往我身上抛。青儿的脾气还不是你给宠坏
　　的，小时候，你一会儿给她扮玉女，一会儿给她扮金童，真是有趣
　　煞哉！

晁：可是现在孩子大了。

夫：孩子大了又怎么样！好了，好了，从今后你不要再教她读的什么书
　　啊，绘什么样画啊，琴啊！笔墨纸砚统统给我甩掉！用把锁把她锁
　　起来，就安耽了。

晁：（软下）我的老夫人，别说气话了，等会儿李、仲二位大人前来，叫
　　我如何是好？

夫：啊呀呀！这有何难，他们又不会吃人的，来了，讲讲清楚，不相信
　　让女儿出来见见，朝中还有女官哩！有什么不好意思？再说，女儿
　　喜欢诗文，何不趁此机会，向二位老师请教请教呢。

晁：你——

院：老爷，门外有二位老爷求见。

晁：你看，说来就来了。（无奈）如今只有听你的了，快去嘱青娘准备
　　一下。

夫：老爷放心。（笑下）

晁：（对家院）有请二位大人。

院：是。（下）

【李、仲上。

李
仲：御史大人。

晁：李翰林，仲卫卿，二位请！

李
仲：请。

【进门。

李：晁大人，今日登门，一来拜会御史大人，那二来嘛……望望晁青令
　　郎。

【仲点头附和。

晁：晁青，这个……

仲：晁大人，学生在上巳节与令郎在长安郊外邂逅，承蒙相赠，时时挂
　　怀，今日唐突造访，万望老大人不惜引见。

晁：实不相瞒，老夫确无子嗣，适才早朝散时已与二人言明，想必是二
　　位大人弄错了吧。

李：老大人，仲满弟感谢情切，不必再瞒了。况且当日你仆童也已讲明，
　　殿前为官御史，不就是晁大人吗。

晁：罢，罢！老夫直说了吧。老夫膝下只有一女，小名青娘，她性情娇
　　惯，不守闺训，那日与丫头女扮男装外出踏青，不想冒犯二位大
　　人，还望多多包涵。

李：（对仲）啊……难道真有此事？

晁：岂能骗你。

李：哈哈哈，好一个豁达淑女，天下少有！如此说来，更值得一见了。
　　仲满弟你意如何？

仲：弟也渴求，（对晁）万望大人恕谅。

晁：也罢，既蒙二位大人青睐，我让这疯丫头出来向二位赔礼。家院，
　　请小姐出堂。

院：是。

【下。

【家院引老夫人、青娘、丫鬟上。

青：（唱）曲江池畔识诗圣，

　　　　难忘二君把扇赠。

　　　　今日堂前访公子，

　　　　难煞爹爹老大人。

　　　　母亲嘱咐我铭记，

　　　　学海无涯寻良师。

　　　　可叹裙衩一女流，

　　　　羞移莲步难启唇。

　　　　（白）拜见爹爹。

晁：女儿，快去见过李翰林，仲卫卿二位大人。

青：拜见二位大人。

李：哈哈！你就是晁青。

仲：（惊）啊，好一个美婵娟。

青：奴家前次失礼，万望二位大人宽恕。

李：免免，起来起来。

仲：（仲与青相视）

　　　　（唱）她貌若天仙德才全，

　　　　举止不凡世少见。

青：（唱）眼前是，曾已相识常萦回，

　　　　风度翩翩的美少年。

仲：（唱）惊鸿掠过春水池，

　　　　有幸相识——唉，

　　　　空增情无限。

青：（唱）他少年得志气宇轩，

　　　　但愿长倚——唉，

　　　　空存芳心间。

　　　　（二人有情，被李白窥破）

李：啊呀呀，老大人！

　　　　（唱）天下奇趣识佳颜，

　　你掌上明珠耀人眼。

晁：（唱）小女粗莽望勿怪，

夫：（接唱）琴棋书画还要求谪仙……

　　（随即从玉环手中取下折扇）这是女儿新近画的扇面，爱不释手，

　　万望李、仲二大人多多指点。

青：（愕然，急阻来不及）母亲！

晁：青娘，你回房歇息去吧！

青：（无奈）是。（转身）糟糕！

　　（唱）母亲错把锦扇递，

　　我欲阻不能心暗急。

　　只是我，已在扇上把诗题，

　　字里行间表心迹。

　　若被爹爹来识破，

　　怕只怕，儿女情长风波起。

　　（白）罢，罢，罢，

　　（接唱）自古文人多情感，

　　但愿高山流水遇知己。

　　【下。

晁：二位大人，我女儿自小喜欢舞文弄墨，只是缺乏调教，不成体统，

　　万望日后能给予指导。

李：不敢，不敢，闺房玑珠，定当好好拜读。（取扇一看）啊！这扇……

晁：诗画如何？

李：（含意仲，仲呆然）好，好，好得很！哈，哈……

夫：（笑）过奖，过奖。

李：仲满弟，我等已睹芳容，时候不早，告辞。

晁：送客——

　　【幕下。

　　【二道幕前。

李：（拉仲上）我说老弟，你刚才的举止失措，却是为何？

仲：我只知上邦多才子，想不到中华闺房也有奇女。

李：更奇的还在这儿呢。（打开扇）你看。

仲：这不是我的折扇？

李：正是。

仲：（看，惊）小姐在上面题了诗。

李：你去念来。（递扇）

仲：（念）池逢还旧径，

　　　　途归拂长荫。

　　　　纤毫理思绪，

　　　　欲求知己人。

　　　　（思索）（复念）……

李：妙哉！好一个"欲求知己人"。仲满弟，可喜啊，可贺！

仲：贺从何来？喜在哪里？

李：小姐诗句意深情重，今日堂前你俩相逢，各怀心事，你何不求婚御
　　　史大人，结秦晋之好！

仲：小弟虽有此意，只是我乃外邦之人，恐不能遂愿吧。（叹气）

李：今日大唐，四方来朝，长安城中，外邦之人定居乐业者不少。你既
　　　有心大唐造诣，皇上甚是器重，李白不才，愿意做冰人，以此扇为
　　　证，保你即日当个乘龙快婿。哈，哈——

仲：如此多谢太白兄！

　　　（合唱）但愿天意遂人愿，

　　　　锦上添花美无限。

【二人下。

第三场　缔结良缘

时间：一月后

地点：青娘闺房

【二幕启，青娘凭窗读书，俄顷，长叹一声，弃书几上。

青：（唱）风回栏，日初升，

满园景色醉芳心。

红杏一枝出墙去，

春光虽好留不住。

岁月匆匆愁煞人，

思濑起伏一阵阵。

爹娘视我掌上珍，

未窥女儿情意真。

想当初，司马相如和琴瑟，

高山流水遇知音。

想当初，举案齐眉仿梁英，

砚池明镜共诗文。

难忘哪，曲江池畔初相识，

锦扇相赠一片心。

难忘哪，堂前重逢欲启唇，

明眸传意表深情。

上巳初会虽孟浪，

机缘已成情意生。

曾记得，母亲误把锦扇递，

委有良愿回赠君。

回赠君，心迹明，

但愿君心似我心。

诗圣不凡能识情，

却为何，事隔三旬无音信？

闺房闷坐思纷纷，

心乱如麻难安宁。

【玉环上。

玉：（急呼）小姐，小姐——

青：（惊醒）玉环，出了什么事情，为何如此慌张？

玉：小姐，不好了，老爷在发脾气。

青：发脾气？

玉：嗯，为你的终身大事发脾气！

青：此话从何而来？

玉：小姐！

（唱）李翰林上门做媒心意诚，

姑爷是小姐日夜思念的赠扇人。

青：（惊喜，嗔）你……你……看我不捣烂你的舌头。

玉：真的。

（唱）谁知道老爷不同意，

说什么异国之人难联姻。

青：怎么，他是异国人？

玉：是啊！他是东夷扶桑人，来大唐求学的。

青：（内心矛盾）呀！

（唱）闻此言不由我心潮浪掀，

仲君他外邦人求学京城。

想如今大唐朝威震四海，

多少个有志人云集同文。

他深情托诗圣献上心扉，

我不能自缚茧流水知音。

怕只怕风俗殊雾云障阻，

倒教我心乱如麻难思定。

玉：小姐，老爷手中拿着你的折扇，暴跳如雷。你快快去向老夫人求情。

（二人欲下）

晁：【上。

（白）气死我也！

（唱）家门出丑败门庭，

逆女无知乱常伦。

李白不该做冰人，

异邦仲吕怎攀亲？

进内我把青娘训，（碰上青娘、丫鬟二人）

（白）你……你……

（唱）你不守闺训脸丢尽！

青：爹爹！

（唱）与仲君邂逅曲江岸，

但见他才貌双全不俗凡。

远道求学朝大唐，

中原豪气壮胸怀。

女儿既已赠翰墨，

心心相印情相爱。

万望爹爹能允纳，

天遂人愿难违反。

晁：哼！

（唱）父母之命媒妁言，

哪有闺房自安排。

化外异邦一蛮子，

有何风貌有何才？

明日上朝奏天子，

定将他判罪革职枷锁戴。

到那时整顿家训严闺法，

万不能，让你不仁不孝门风败。

青：（唱）老爹爹不可乱诬害，

仲君他并无丝毫品德坏。

虽说他，出身异邦在化外，

可敬他，也有志中原把身安。

万岁封官多器重，

你不该另眼错对待。

有道是，四海之内皆一家，

求爹爹，三思而行勿阻拦。

晁：（气）大胆，你……（欲动手）

【家院上。

院：老爷，李大人又来求见。

晁：不见！（家欲出）

【李白大笑而上，晁眼示青娘下。

李：哈，哈，哈，老御史怒气冲冲，拒客于门外却是为何？

晁：（怒视李）你——

李：成人之美，央求泰山大人纳婿。

晁：我已回绝你多次，李大人不必再提。

李：老大人休恼，想这……

【晁打断。

晁：是啊，是啊！我已经会背了，什么汉有昭君，唐有文姬。不过今日
天下太平，用不着我女再去嫁于番邦。

李：非也。有道是普天之下，莫非王土，率土之滨，莫非王臣。当今长
安城中，大秦、波斯、西夏、龟兹等国之士定居乐业者不少，娶我
汉女成家亦多不胜举。此乃国运昌盛，万方奏乐之吉祥。若论根
底，我李白也出乎化外异乡，人称胡地，依大人之见，在下非要娶
个蛮婆不可啰！

晁：李大人，老夫膝下只有一女，绝不能远嫁外洋荒地。

李：老大人，此言差矣，扶桑乃日出之国，一衣带水本是同源。是昔日
秦始皇命徐福带三百童男童女奉旨定居的后裔。何况该国国君，年
年来朝，岁岁进贡。仲满弟身为使臣入仕我朝，龙颜甚是倚重。实
不相瞒，在下已奏明天子，皇上大悦，说要亲自成全此事。

晁：你……你成全婚姻，分明是目中无人。也罢，老夫与你即上殿面奏
圣君。

【说罢，上前拉李，正僵持之间。

【内声："圣旨到！"

晁：（气极）你……（无奈）接——旨。

【太监上。

太：晁爱卿接旨——

晁：（跪）吾皇万岁，万岁，万万岁！

太：（宣旨）"朕闻扶桑国使臣阿倍仲麻吕留学我邦，意欲与晁爱卿千金青娘联姻，此乃有益于二国和好之举，青史留名美事，朕甚喜悦，特谕旨即日龙凤花烛，令礼部安置完婚。钦此。"

晁：臣领旨。谢主隆恩。

【送太监下。

李：哈、哈、哈……晁大人，我等着吃喜酒啦！

晁：你……唉！李大人，自古儿女之事，天下只有父母之命，那有媒人强合婚姻。老夫在朝多年，往日与你无冤无仇，为何今日与老夫苦苦作对。

李：老大人息怒，非是在下与你苦苦作对，实在是仲满弟乃天下奇才与令媛天生一对。有道是机不可失，时不再来，学生唯恐老大人一时爱女心切，而误了女儿的终身。好了，好了，圣旨已下，老大人还是准备婚事要紧。在下告辞了。（欲走）

晁：嗳，且慢！事到如今，老夫还有何话可说。不过，若要完婚，必须依老夫三件大事。

李：哪三件大事？

晁：一、仲大人必须入赘我家。二、成亲后立即改姓换名。三……

李：那三呢？

晁：三、今后必须永不回国！

李：这……

晁：若不依这三件，老夫明日面奏我皇，绝不认婿。

李：好，好，好。仲大人既已入仕我朝，谅这三件有何难依。今日御旨完婚，来来来，还是先赏我三杯喜酒喝喝。

晁：（大声）上酒。

【灯暗，幕下。

第四场　奉旨东渡

时间：一年后
地点：御史府

【幕后合唱：
御旨完婚岁月流，
冬去春来乐悠悠。
仲满入赘改晁衡，
夫妻鱼水情意投。
【幕启：晁衡（仲满）在花园中沉思徘徊。玉环急上，内叫——
玉：姑爷，姑爷。
【上。
（白）啊呀呀，你在这里呀，小姐正到处找你哩！
仲：找我作甚？
玉：小姐说，要你对的那句下联，可曾想好没有？
仲：娘子字字珠玑，小生望尘莫及，上联虽好，下联难答，惭愧！
【小姐暗上。
玉：你呀，我看你又该罚三杯了。
仲：唉，我哪有心思对联哟。
青：郎君因何长叹？
仲：这……（面有难色）
青：你我夫妻恩爱，但说无妨。
仲：娘子，（欲说又止）……
青：郎君！
（唱）近日来，你常常愁攒眉间心不安，
我知你，思国念家故土盼。

此情此意妻深悉，

你何不，鸿雁寄书报平安。

仲：娘子！

（唱）娘子啊，我大唐求学三年长，

至今尚未回故乡。

想当初，我未曾成年爹病亡，

撇下了寡母兄妹俩。

从此后，一副重担落在娘身上，

母亲她，含辛茹苦把兄妹养。

指望我，大唐求学凌云志，

胸怀抱负绣扶桑。

今日里，我壮志未酬儿女情长，

一腔热血付纱帐。

娘子啊，宝剑入鞘会生锈，

铜镜不磨要失光芒。

怎奈是，今日边境起烽火，

高丽负约反大唐。

我有心返国面君王，

猛想起，婚前约定事三桩。

事三桩，心惆怅，

铁索锁鹏翅难翔。

娘子啊，我愧对圣贤负娘训，

何日里与你双双返故里，

共抒文华，锦绣好风光。

青：（唱）郎君切莫添愁肠，

朝堂定能灭烟狼。

明日上殿奏君王，

探明详情禀高堂。

接来母妹同欢聚，

天伦之乐在大唐。

仲：但愿如此。

　　【玉环上。

玉：姑爷，门外院公传话，皇上要你立即进宫。

仲：皇上火速召见，定有要事相嘱。娘子，我进宫去了。

青：玉环，快让人给姑爷备马。

玉：是。

　　【仲与玉下。

　　【御史夫人急上。

夫：青儿，青儿。

青：母亲，何事如此慌张？

夫：我儿，不好了，刚才你父讲，因高丽反叛，扶桑国音信隔绝，皇上
　　甚是惦念，要我婿渡海返国沟通友好，协力封疆，剪灭逆贼。

青：（大惊）啊！（急火攻心、晕）

夫：青儿，青儿……（扶住青儿）

青：……

夫：我儿千万不要担心，我去和老爷商量商量。（出外）天啊！要活拆夫
　　妻哉！啊呀，我苦命的囝啊！

　　【下。

青：（唱）闻此讯不由我心潮难平，

　　　　才红装又别离他奉旨孤行。

　　　　夫君他飘重洋波涛汹涌，

　　　　倘若是遇叵测孤海无音。（沉思）

　　　　平日里朝思暮想扶桑境，

　　　　我何不同赴危难浪里行。

　　　　想到此意志坚把莲步轻提，（向前停住）

　　　　猛想起，高堂白发年迈人。

　　　　爹娘视我掌上珍，

　　　　我怎忍抛弃父母养育恩。（思想斗争）

啊呀呀，这国事、家事、父情、夫义，

我还须一一细权衡。

（白）也罢！

（接唱）夫妻本是同林鸟，

患难与共不离分。

君命如山不可违，

暂别亲人骨肉情。

思定去把行装整，

（白）玉环——

【玉上。

（接唱）我与你整装出发待天明。

玉：我们与姑爷一起去吗？

青：只怕老爷夫人不同意。

玉：不同意！我们去见皇帝大老爷。

青：休得胡言乱语，我自有主张。

【晁衡急上。

仲：（唱）皇上宣抚我邦君，

圣命在身要起程。

面对青娘口难启，

夫妻分离心不忍。

青：（迎上）郎君——

仲：青娘——

青：皇上召你何事？

仲：这……这……

青：（唱）爹爹朝中得详情，

此事为妻知分明。

莫要为难莫吞吐，

青娘愿随郎君行。

仲：不，不……

（唱）东瀛扶桑万里程，

关山重洋路难行。

贤妻心迹我明白，

你还是，留在长安盼佳音。

青：（唱）自古妾身随夫君，

哪有单雁独自奔。

休道为妻是女红，

志向既定磐石心。

仲：（唱）昔日岳父有前盟，

约法三章字字清。

我不能违心伤二老，

万望你侍奉高堂莫轻身。

青：（唱）郎君此言不该应，

为父是朝廷一忠臣。

通晓大义明理智，

岂为私情误国情。

【夫人，家院上。

青：郎君，为妻主意已定，你不要再阻拦了。父母面前我自有主张。

夫：什么？我的宝贝，你要随他同去？

青：女儿意欲随夫前往。

夫：你怎忍抛离二老？

青：孩儿不孝，万望母亲恕罪。

夫：不成，家院，快快把老爷唤来。

【家下。

青：娘——

仲：母亲——

【御史上。

晁：晁衡，你入赘我家，老夫待你如何？

仲：二老待我恩重如山。

晁：当年约法三章可曾记得？

仲：孩儿不敢忘怀。

晁：既是如此，今日皇上圣谕，要你返国修书，我不能阻拦，你不该要
　　我女儿同去。

仲：孩儿不敢。

青：爹爹！

　　（唱）国家有难需承担，

　　平日父训犹忌惮。

　　匹夫有责岂能忘，

　　今日我，怎可苟且在长安。

　　万望爹爹明大义，

　　完使命，留青史，

　　荣宗耀祖双双返。

晁：大胆！

　　（唱）你若随夫出家门，

　　除非割绝父女情。

　　不孝之女太狂妄，

　　我自有办法把你整。

　　（白）家院，从今日起，把小姐锁在房中严加看守，谁也不许放她
　　出去，若有意外，重治不饶。

家：是。

青：爹爹——

仲：爹爹！（泪出）你难道就此为儿饯别。

晁：老夫无奈，只有如此，待你完毕使命，再与你重聚天伦。

青：母亲——

夫：老爷，侬不要这样。

晁：都是你老太婆宠坏的。（对家院）还呆着做什么，快快与我动手！

家：是！（拉青娘下）

青：晁郎……

仲：青娘……

夫：儿啊……

【青娘被拖下，晁衡跟跄抢上几步。

【切光，幕急下。

第五场　灞桥饯别

时间：数日后

地点：长安城郊

【幕启：仲与送行官员频频告辞，背身。

仲：各位大人，渡口已到请留步吧！

众：晁大人一帆风顺，多多保重，我等告辞了。

仲：多谢列位大人。（转身，望众校尉搬运行装，有感）

　　（唱）江水滔滔拍岸啸，

　　　　征帆片片迎风摇。

　　　　灞桥垂柳依旧绿，

　　　　九曲池径故风飘。

　　　　依稀当年初相识，

　　　　京华合卺知己交。

　　　　今日里，征人离索成孤燕，

　　　　回望长安愁难消。

　　　　愁难消，心如绞，

　　　　夫妻别离热泪抛。

　　　　贤妻啊！

　　　　心头激浪拍长空，

　　　　化作彩虹搭云桥。

　　　　搭云桥，心相连，

　　　　两相情愿不动摇。

归国奏君来聘礼，

鼓乐迎亲喜鹊报。

从此后，共努力，播汉艺，

让大和民族蓬勃兴旺花枝俏。

（白）青娘，妻啊，你的侠义肝肠，忠贞壮志小生深深铭刻在心。

万望保重玉体，小生速去速回，争取早日团聚。

校：启禀大人，江边还有许多文人相送。

仲：（遥望）啊，原来是李白兄们来了。

【仲急迎下。

青：（内唱）挣羁绊脱看守追赶君郎，

【与玉上。

（唱）心焦急步踉跄欲快难行。

怕只怕双亲觉察来追赶，

顾不得气咻咻汗湿罗裙。（一闪）

（白）啊呀！

玉：小姐，当心！

青：（急唱）妾心既定不动摇，

随郎返国浪里飘。

哪惧家法和世俗，

哪畏征途涌波涛。

闺中自有巾帼女，

青娘有志胸中效。

耳闻江水奔腾急，

遥望灞桥影绰绰。

【号角鸣，内喊："开船啰！"

青：（唱）猛听得画角哀鸣催征船，

（白）郎君，青娘来也！

（唱）与郎君同赴扶桑把重任分挑。

【青与玉下，夫人与丫鬟急上。

夫：青娘，我儿——

（唱）闻道我儿逾门走，

急得为娘五肠六腑俱焚。

女儿她轻生无法留，

生死难料说不定明日喂海龟。

（白）快，快追！

【急奔下。

【李白诸友送仲上。

李：晁君！

（唱）江边依依难挽君，

万语千言塞心胸。

故友从此去征途，

众：（接唱）万望路上多保重。

李：晁君，昨日早朝，家人收到玉环送来的诗笺，原来是青娘挥笔书写

　　的"长相思"词一阕，我略作润笔，请君过目。

仲：（接过）

【幕后合唱《长相思》

长相思，在长安，

络纬秋啼金井阑，

微霜凄凄簟色寒，

孤灯不明思欲绝。

卷帷望月长空叹，

美人如画隔云端。

上有青冥之长天，

下有渌水之波澜。

天长路远魂飞苦，

梦魂不到关山难。

长相思，摧心肝！

（仲泪水盈眶）

仲：（大恸）青娘啊，贤妻啊——

青：（内声）晁郎——（上）

【众惊。相继暗退

仲：青娘——

青：郎君——

【二人紧紧相抱

仲：你……你……

（唱）你怎能挣脱锁链到江边？

青：（接唱）为郎君妾心如同磐石坚。

仲：（听画角声起，同声，请大人启程）呀！

（唱）画角声声声哽咽，

难舍青娘泪涟涟。

娘子啊！

长相思，记心间，

盼妻自重等燕归。

青：（唱）等枉然，心如煎，

青娘伴君到天边。

同返扶桑完使命，

共遂抱负得圣颜。

仲：（感动）你……娘子呀，此去扶桑，关山重阻，波涛汹涌，万一有闪
　　失，我怎对得起娘子，怎对得起高堂岳父母啊！

青：郎君不必多言，我已有家书留下，日后谅必二老定能释然。为妻此
　　心意已决，愿与郎君生死与共。现画角催程，我们还是快快上船
　　吧！

仲：（激动，紧握青手）娘子——

【众官复上。

（合唱）壮志冲云霄，

闺中出英豪。

中华多奇女，

江山更艳娇。

校：启老爷，潮势将退，若不启程，恐要延误动身之期。

仲：（下决心）玉环，扶青娘上船。李白兄，众诗友，一切拜托，在下告
　　辞了。

众：多多保重，一路平安。

　　【晁、青等上船，众挥手相别，船渐动。

　　【夫人与丫鬟急奔上。

夫：青娘，我儿——（见船已离岸。恸）

青：（在船上跪拜）母亲——

仲：（同揖）母亲大人，多多保重。

夫：快停船！快停船啊！青娘，儿啊，你快下来！若不听母训，你爹爹
　　要与你断绝父女之情了！

　　【仲与青同跪下。

仲：母亲大人息怒，青娘和小婿一定早去早回。

青：望母亲明大义，成全孩儿志向。

夫：你……

李：老夫人，你看——

　　（念）天清红日满，

　　　　风正一帆悬。

　　　　江水载深情，

　　　　远国颂圣母。

　　（白）我的老夫人，你家有如此淑女贤婿，真乃大唐福缘。可喜、
　　可乐、可贺、可钦。

夫：哼！都是你弄出来的好事！（气绝昏倒）

　　【众乱。

　　【幕下。

　　【休息。

第六场　海岛喋血

时间：半月后

地点：黄海中某礁岛

【二幕前，飓风过后，岛上显得很是荒凉。

【海匪头目海胡子率众匪上。

海：（念）生来性暴戾，

　　　　刀枪寒日光。

　　　　杀人如宰狗，

　　　　无人敢阻挡。

　　　　专劫过往船，

　　　　掠夺钱和粮。

　　　　大名海胡子，

　　　　海上自为王。

　　　　（白）众弟兄！

众：有。

海：你们看，前面有一大船，气势非凡，想必是巨商官船，我等何不速
　　速追去，抢他个人财两空。

众：好！

【海率众下。

【晁、青、校尉、船夫等上。

仲：（唱）出海不利遇风浪，

　　　　船被搁浅海岛旁。

　　　　幸喜人员未损失，

　　　　风平浪静再起航。

　　　　（白）船家，此乃何岛？

船：（打量）啊呀老爷，此乃公海上的八蛇礁石岛，是海匪经常出没的地方。

仲：（一惊）你等不要害怕。众将士速速推船下海。

众：是。

【海螺声起，海匪上。

海：呔！快留下钱财，免尔等一死。

仲：何处歹人前来送死，此乃大唐使节的官船。

海：什么大唐使节，小的们，与我抢！

【刀砍去，众对打。

仲：青娘，快快前去躲避一下。（拉青下）

【众厮杀进，晁复出，青紧紧跟上。

（唱）遭凶险遇海匪祸从天降！

青：（唱）好一似枯叶飘零风吹雨打。

仲：（唱）众校尉被杀得血肉横飞，

青：（唱）看起来我夫妇难以逃亡。

仲：青娘，事到如今，我们暂分东西，倘若能逃出一人，即设法前去扶桑，完成使命。你，你快去躲避一下，我为你掩护。快，快！

青：晁郎，要活要死，我们永不分离。

仲：大局为重，岂恋儿女之情，还不快去！

【青娘被校尉送下，众厮杀，进。仲复上。

船：老爷，船已下海，正值顺风，快快上船吧！

仲：不，夫人下落不明，岂能弃她而去。

【海匪复上，危急万分，众校尉与船夫强拉晁上船，开航。

仲：（在船上）青娘，青娘，我妻——

【众海匪急急追，下。

【众匪追青娘、玉环，校尉等出，校与匪杀。

玉：小姐，事到如今，你快逃命去吧，这里有玉环对付。

青：玉环，你……你休得轻生，我们生死在一起，快逃吧！

玉：怕是逃不了了。（对校尉）众位大人，望你们协力同心，保护小姐，

待我引贼过去。小姐，你，你多保重——

【玉跪劝青逃。玉起，边呼边喊引贼下，众校尉拉青娘暗处躲藏。众匪呼啸而过。

青：（大恸）玉环……

　　　晁郎……

校：小姐，老爷船已去远，匪徒们已下海追赶，你我还是在荒岛上躲避一下，设法搭船回长安。

青：苍天！（昏倒在地）

【切光。

【幕下。

第七场　返京闻变

时间： 数月后

地点： 长安御史府

【幕启：夫人闷坐，思念女儿，丫鬟手捧汤羹规劝。

丫：老夫人，请用点心。

　　（老夫人摇头，推开点心）

丫：老夫人不必担忧，小姐她一定会平安回来。

夫：唉！我的儿啊！

　　（唱）你私奔离京去扶桑，

　　　　好一似断线的风筝飘何方？

　　　　几月来，二老日夜将你望，

　　　　将你望啊，望断秋水音渺茫。

　　　　娘是朝也思，暮也想，

　　　　三餐无味茶不香。

　　　　手捧心香祈上苍，

　　　　保佑我女儿平安归来见爹娘。

【晁御史手捧诗笺心情忧郁上。

御：夫人——

夫：老爷，女儿有消息了！

御：这……唉！

夫：老爷你！

御：唉！（摸出一张素笺递过去）

夫：（拒绝）人家忙乱如麻，你还要给我看啥东西？

御：（呜咽，拭泪，站起来背诗）

　　　日本晁卿辞帝都，

　　　征帆一片绕蓬壶。

　　　明月不归沉碧波，

　　　白云愁色满苍梧。

夫：老爷，你在念什么东西？

御：夫人，这是李白翰林新近作的"哭晁衡"诗。

夫：（惊）你说晁衡什么？

御：（大恸）

　　　明月不归沉碧波，

　　　白云愁色满苍梧。

　　　（白）晁衡与青娘儿已……已沉没碧波了！

夫：啊！这是真的？

御：岂能儿戏。

夫：天哪！（晕）

御：夫人，夫人！

【夫人渐醒，众扶。

御：夫人，人死不能复生，你要多多保重啊！

夫：你……你……你还我女儿来……（又昏倒）

御：夫人——

夫：（醒）

　　　（唱）你……你不该当初承婚嫁外邦，

御:（唱）圣命难违有口难张。

夫:（唱）你不该闺房失锁任鸟飞,

御:（唱）人去楼空空惆怅。

夫:（唱）你不该口口声声断绝父女情,

御:（唱）忤逆女不守闺训家丑扬。

夫:（唱）到如今死了女儿丢了婿,

　　　　老来无依谁奔丧。

　　　　（白）你……你要还我女儿,还我女儿。（哭）

御:啊呀!我的老夫人,当初你自己去追赶,不能追回,今日你要我到
　　哪里去要人哩!

夫:女儿……我的宝贝囡啊,你死得好苦呀!

　　【家院兴冲冲上。

家:禀老爷,夫人,小姐回来了!

　　【御、夫听此消息惊呆,俄顷。

御、夫:（同声）你……你讲什么!?

家:小姐在二校尉护送下回来了!

夫:（合掌）阿弥陀佛,菩萨保佑,菩萨保佑……

御:快,快请小姐前来!

夫:是啊,快……快……

　　【家院欲走,御史忽然若有所思,叫住。

御:且慢。家院,小姐甚模样?

家:小姐她衣衫褴褛,面黄肌瘦,说是在海上遇到风暴,船只搁浅又被
　　海盗抢劫,与姑爷失散。他们幸被打鱼人搭救,返回京城。

御:原来如此。家院,与我赶出府去!

夫:（大惊）你,你疯啦,女儿去时眼泪鼻涕,现在回来了,却又要赶她
　　出去。你……你到底安个啥心思?家院,快去把小姐接进来!

家:这——（为难）

　　【二校尉护送青娘上。

青:（内唱）海岛脱险受救援,

渔夫仗义送平川。

多亏二位来护送，

千辛万苦到京都。

进内去把爹娘见——（欲进又止）

怕只怕爹爹难容不孝囝。

【进。

青：不孝女拜见爹爹，母亲大人。

御：（不理）

夫：（激动）宝贝女儿，你……吃苦头了！

青：娘——（与夫相抱，恸哭）

御：（怒）逆女！当初你私奔外逃，丢尽家丑，如今你不以殉节，却狼狈
　　归来，你……你……还有何面目来见我！

青：爹爹息怒，女儿也是为了大唐安乐，奉旨伴送郎君回国，忠孝难以
　　两全，请爹爹宽恕。

御：嘿！好个忠孝难以两全，现在你夫已经身亡，你又何了结？

青：晁郎下落不明，爹爹你怎知他身亡了呢？

御：你去看来——（取出李白诗笺，掷于青娘）

青：（拾起，念）

　　哭晁衡

　　日本晁卿辞帝都，

　　征帆一片绕蓬壶。

　　明月不归沉碧波，

　　白云愁色满苍梧。

　　（白）郎君！（昏倒）

众：青娘，我儿，小姐！

青：（渐渐苏醒）

　　（唱）闻噩耗悲痛欲绝哭夫君，

　　终以为脱魔掌绝处逢生。

　　谁知道你壮志未酬遭厄运，

空留下丹心碧波长呜咽。

（白）爹爹，晁郎既死，女儿也无意活在世上，恕女儿不孝，不能
奉养二老天年，盼爹娘多多保重。晁郎——（狂唤撞墙去，被众急
扶住）

夫：啊呀，女儿！切莫轻生，你爹爹的话是真是假，当未分明。若是
贤婿逢凶化吉，返回大唐，到那时你在九泉之下，悔已晚也。（对
御）你这个老头子，女儿好不容易脱险归来，你就七嘴八舌，乱说
三千。快把什么诗笺给我！（一把夺过诗笺，撕掉）女儿，你快回
房歇息去罢！

青：母亲，郎君若是真的死了，女儿也不想活在世上了……（哭）

御：（对青娘）女儿既有如此烈性，不枉为父教养一场。也罢，家院——

家：老爷。

御：你速速去收拾行装，陪伴小姐到郊外法华庵安身。

家：这……

夫：啊！你……你真的疯了，莫非要把亲生女儿送到庵里去做尼姑？

御：我乃堂堂礼教御史，岂能让私奔归来的寡妇留在府中，污了我门声。
家院，快去！

夫：你……（气得发抖）

青：（扶住母亲）母亲，母亲，你莫悲伤，女儿也有此意，若是郎君能脱
险回来，夫妻重聚天伦；若是郎君身遭不测，女儿愿青灯黄卷伴随
终身。

夫：女儿，你……你不能去啊！

青：恕女儿不孝，望二老多多保重。（跪拜）

【御史背身擦泪。

御：孩儿，非是为父狠心，事到如今，也只得如此了。望女儿安心养身，
我与你母亲自会常来望你的。

青：（哭）爹爹……女儿告辞了。（夫惊阻）

夫：青娘——

青：母亲——

夫：我儿——

青：娘——

　　【青跪步与母相抱，众难受拭眼泪。

　　【切光。

　　【幕下。

第八场　奈良神驰

　　时间：二年后

　　地点：日本奈良、阿倍仲麻吕的书房

　　【幕启：阿倍仲麻吕（即晁衡）执书沉思

仲：（唱）樱花缤纷如艳云，

　　　　富士新绿山色葱。

　　　　濑海微风拂卷帘，

　　　　远眺长安雾重重。

　　　　雾重重，思绵绵，

　　　　扶桑相思寄长鸿。

　　　　想当初，使船遇险遭匪袭，

　　　　亲人分离生死中。

　　　　到如今，岁月荏苒二春秋，

　　　　几回梦里影重逢。

　　　　案前低回"长相思"，

　　　　魂魄不到关山重。

　　【《长相思》曲起。

　　（白）青娘，我的妻啊！

　　（唱）曾忆花径斗诗篇，

　　　　灯下文章共探研。

　　　　汉艺经书相互读，

琴瑟礼乐唱和笺。

娘子啊！

你为我，异国游子含羞辱，

芳心一片照山川。

你为我，深闺禁锁受折磨，

冲出牢笼志不屈。

你为我，割舍爹娘亲骨肉，

共赴危难展宏图。

实指望，良燕双双飞故土，

共抒壮志谱新曲。

又谁知，夙愿未酬遭颠簸，

空将热泪对日月。

啊，长相思，思不绝，

思不绝啊，泪痛掬！

（合唱）手捧"长相思"

思泪如堤决。

思后神情倦，

南柯梦一曲。

【切光，暗转梦境，灯明，梦……

【四对日本古代乐女翩翩起舞，青娘冉冉而来，晁惊迎上。双双在《长相思》乐曲中飞舞。

【幕后：《长相思》合唱。

【在高潮中，突然青娘掩面而去，晁急追醒。暗转，晁伏在案上口叫"青娘"。

【晁衡妹妹茵子上。

仲：青娘，青娘——

茵：哥哥，哥哥，是我呀！

仲：（清醒）原来是茵子妹妹……（扫兴）

茵：哥哥你又在想念嫂嫂了。哥哥！

（唱）哥哥回国两年多，

常念嫂嫂情谊重。

中华儿女多奇才，

扶桑光彩照英雄。

何日能去神州游，

了却一片妹心愿。

仲：妹妹！

（唱）那日海岛遭横祸，

血肉横飞死伤多。

你嫂嫂与我分离后，

消息无踪命难卜。

倘若被害魂魄散，

精神常依在梦中。

倘若被救脱苦难，

长安城中盼夫君。

奈良京华常相思，

何日归去得重逢。

茵：哥哥，如今边境安定，国泰民安，你何不趁此面奏天皇，重返长安，
以结永好。

仲：我虽有此意，恐心意难遂。

茵：这……

【日本天皇使者到。

使：阿倍仲麻吕听旨。

仲：（跪）天皇万岁。

使：天皇鸿运，欣闻上邦已平息高丽叛逆，边疆和靖，天下太平。鉴此，
孤意派三十名大臣子女去长安留学深造，特命爱卿阿倍仲麻吕再次
出使大唐，以修两国万年和好。望卿此去，能与贤妻相逢，迎回扶
桑，传授汉艺文化。此谕，择日起程。钦此！

仲：谢主隆恩。

【使下。

茵：哥哥，这次我也要去。

仲：只恐母亲不依。

茵：母亲乃深明大义之人，妹妹此去，既为国出力，又去迎接嫂嫂归来，
有何不依之理。

仲：妹妹此言极是，待我和母亲商量同意后，明日面奏天皇，与妹妹同
返大唐就是。

茵：如此好极了。（高兴地）啊，母亲，母亲——（边叫边奔下。）

【灯暗。

【幕下。

第九场　庵堂怨泪

时间：数月后

地点：长安城郊法华庵

【二道幕外，夫人与丫鬟上。

夫：（唱）女儿入庵二年整，

青灯黄卷伴苦命。

老爷终有铁石心，

难舍骨肉儿女情。

老爷他，昨日风寒得了病，

三餐不宁思亲生。

今日我再去劝几句，

接回女儿娘放心。

（白）丫鬟，到了庵中，你与我多多劝说小姐回府。

丫：好，好！我们都盼望小姐早日回府哩！

夫：快走吧！（欲下）

【内鸣锣声起。

校：行人闪开，东海扶桑日出之国使节前来大唐朝拜，快——闪开！！

夫：啊！扶桑使节？丫鬟，我们上去看看。

【晁衡同茜子上，仪仗前呼后拥上，下。

【夫见晁惊，疑茜是晁妻，误会。

夫：唉！这不是我女婿衡吗？啊！这畜生真没良心，在化外又娶了老婆，

好个忘恩负义的禽兽啊！

（唱）女儿她含辛茹苦庵堂度，

小姐不做做尼姑。

可怜她，望穿双眼盼夫君，

又谁知，竹篮打水一场空。

（白）啊呀！我苦命的儿呀……（同丫鬟下）

【二道幕启，法华庵，青娘手执佛珠沉思。

青：（唱）菩提莲花法华经，

醮台打熬度光阴。

殿前风吹幡叮当，

犹如昔日扬程水潺声。

想当年与晁郎，

长空飞舞破翠浪，

鹏程直向扶桑境。

谁知晓，远行未成不遂愿，

天各一方成泡影。

君去惊悉遇恶涛，

一首泪唱《哭晁衡》

笃诚相许心已碎，

倍觉凄凉对青灯。

爹爹不认女，

心如铁石硬。

世事无所恋，

庵堂度残生。

唯有"长相思"，

跌宕有余温。

【《长相思》曲起

萦回愁肠寸寸乱，

往事历历难平静。

一炷馨香遥相寄，（点香）

（白）晁郎！

（唱）但愿你，平安归来报喜讯。

（白）郎君，为妻虽身入空门，也是一往情深，痴痴等着你呀！

【夫人等上。

夫：青儿，（心酸）我的苦命的儿啊！

青：母亲，女儿不是好好的。

夫：儿啊！

（唱）苦命儿，命真苦，

白吃苦，苦上苦。

侬痴心痴意等老公，

到头要比黄连苦！

青：母亲此话怎讲？

夫：（唱）晁衡他今日高升官，

重返大唐，

另寻新欢，忘了你为他在吃苦的痴呆婆！

青：母亲，孩儿不明白。

夫：青儿，今天为娘在来的路上，碰到你那个官人，喔哟，威风凛凛，

高头大马，做了扶桑国的大使，又回到长安来啦！

青：啊呀！母亲，晁郎他……他，没有死！（激动）

夫：嗯，还是死了干净。

青：母亲你？！……

夫：你那个官人呀，又带了一个美娇娘，早把你忘了！

青：（惊）啊！这是真的？

夫：我亲眼所见。

青：不，不，这不可能！（伤心）

（唱）晁郎他绝不是薄义之人，

夫妻情知己心曾山盟海誓。

等郎君儿长存一片痴情，

未亲见不证实我万难相信。

夫：（唱）傻丫头莫痴情快离庵门，

我给你出怨气另择名门。

（白）你还在这里守什么活寡，快随娘回家，找一个白面书生，气

煞侬这个小畜生。

青：母亲，孩儿与郎君奉旨成亲，心心相印，今日之事，岂可草率而

行？

夫：啊呀，啥个心心相印，奉旨成亲。皇帝老爷要是怪罪下来，金銮殿

上，娘去说理。去，随我回去！（欲拉）

青：母亲，儿与郎君结发夫妻，倘若他果真负心，我（哭）我也不负他

的……

夫：你，你要守活寡，当尼姑，为娘可是舍不得你吃苦啊！丫鬟，扶小

姐回府！

丫：是。小姐……

青：娘——（跪下）

（唱）母亲不要太动情，

容儿细把心意禀。

央求爹爹去朝廷，

真真假假探分明。

晁郎若是贪新欢，

面奏圣君来发问。

孩儿我……我……唯有一死遮羞容，

来生再，犬马衔草报答爹娘养育恩。

夫：也罢！女儿不必悲伤，为娘自有道理，你暂且在庵堂静等片刻。丫

䲜，回府！

众：是。

【灯暗。

【幕下。

第十场　释误欢聚

时间：数日后

地点：同上场

【二道幕启，晁衡与茵子及校尉抬彩礼上。

仲：妹妹，我们千里迢迢来到大唐，完成使命，一家团聚，同享天伦。
　　谁知道，刚才御史大人口口声声讲青娘已死，要断绝翁婿情义，不
　　容我分说，就禁闭府门。唉，这可如何是好！

茵：哥哥，到了法华庵，见嫂嫂，再作道理。

仲：是了，定是岳父还在生我的气。茵妹，想不到太白兄一首诗，给贤
　　妻带来二载多的庵堂之苦。太白兄啊太白兄，可叹你被群小所妒，
　　终不能秉直在朝，人去物留，好不令人眷恋也！

茵：哥哥，快去庵中接嫂嫂吧！

【二人下。

【二道幕启，法华庵，青娘上。

青：（唱）懒斟灯油懒添香，

　　　　　心如倒海又翻江。

　　　　　母亲她，口口声声骂晁郎，

　　　　　另娶倩女返大唐。

　　　　　虽说青娘难相信，

　　　　　为何今日不见郎？

　　　　　廊前菩萨皆无言，

　　　　　何人能与诉衷肠。

（白）唉，晁郎！你既返大唐，为何不来接我，莫非是母亲年迈看错了人？莫非你真的负了青娘。唉，是真是假，好不叫人烦恼也！

【无精打采地进。晁衡上。

仲：（唱）翠竹红墙沿曲径，

　　　　冷寂庵堂藏愁人。

　　　　重逢应了长相思，

　　　　梵音今日换新声。

茵：嫂嫂，嫂嫂……

仲：呃！（阻）（耳语）我们给她个意外惊喜。茵妹，佛门净地，你我先在佛堂参拜大慈大悲的观世音菩萨，然后来一个……

茵：喜从天降！

仲：对，对。（与茵妹跪下）菩萨在上，受兄妹一拜。

【青娘上。

青：（念）忽闻殿前声，

　　　　施主到庵门。

　　　　急忙送香茗，啊！

【见二人跪拜，大惊，杯盘落地，掩面奔下。

晁：（念）青娘来相迎。

【青娘奔下，晁奇，不解。

仲：茵妹，快去通知轿夫，速来接应。

茵：是。

【下。

仲：青娘！娘子！小生来了。

【追下。

【青上。

（唱）殿前晁郎与娇娘，

　　　　双双跪拜在佛堂。

　　　　此情此景我亲见，

　　　　真好似万箭穿心痛难挡！

仲：（上，白）青娘，娘子！是我呀！

【上前作揖，青背身不理。

青娘！

（唱）你为我委曲求全遭不幸，

你为我受尽惊吓苦吃尽。

你为我庵堂空守度青春，

你为我望穿秋水泪淋淋。

今日夫妻喜相逢，

乌云散尽、破镜重圆，理应喜开怀！（青不理）

怪只怪，征途遇匪二分离，

怪只怪，我身入扶桑无音信。

莫非你，怪我迟迟未接迎，

辜负娘子一片情。（青不理）

我这里深深作揖求宽恕，

啊呀娘子啊！你好比大慈大悲的观世音。

青：（唱）谁要你低声下气假作亲，

你是口蜜腹剑虎狼心。

想当初奉旨成亲心相印，

甜言蜜语诉衷情。

受诏渡海返扶桑，

青娘我割绝父情同上程。

受尽颠簸吃尽苦，

身入空门空痴情。

今日你见花思异贪新欢，

另结鸳鸯攀高亲。

你……你……你是虚情假意，厚颜无耻，

禽兽不如的负心人！

仲：啊呀娘子，此话从何说起？

青：你不要假情假意，我，我好命苦哇！

【茵茵上。

茵：哥哥，轿子已到，请嫂嫂上轿吧！

仲：兰妹，这就是你的嫂嫂，快来拜见。

茵：嫂嫂……

青：（惊）啊……（明白，羞愧）我……你……

【仲恍然大悟。

仲：哈，哈，哈，原来如此。娘子，这是我妹妹茵子呀！

青：（唱）呀！只恨相思太多情，

　　错怪晁郎叫我羞愧难言说不清！

仲：（唱）快脱袈裟换霞帔，

茵：（唱）兄嫂欢聚喜盈盈。

【三人进更衣。

【夫人拉御史上。

夫：我个大老爷，架子少摆哉！还不去向阿囡、女婿赔礼！你啊——

　　（唱）白读诗书好文章，

　　枉戴乌纱把官当。

　　人情礼仪全不顾，

　　欺骗女儿不像样。

　　定亲摆面孔，

　　三条规矩下。

　　晁郎奉旨行，

　　又把夫妻拆。

　　关门又看守，

　　女儿泪汪汪。

　　阿囡追夫君，

　　你硬断骨肉肠。

　　青娘遇危难，

　　颠簸回到家。

　　说她丈夫死，

赶入庵门守活寡。

今日要遭现世报，

看你面子哪里放！

御：我的老夫人哟！

（唱）你对，对，对！

我错，错，错！

皇上训斥已够受，

你还要，一路数落把戏唱。

（白）嘿，侬自家呢！

（唱）女婿带妹回大唐，

你是看错人头，剪错脐带闹笑话。

回来时，鼻子孔里拉风箱，

我与你，是黄鱼水鳖半斤八两！

夫：呸！好哉，好哉！若要好，大做小，快快前去赔个礼！（欲拉）

【青青、晁衡、茵上。

夫：啊呀！我的宝贝阿因啰！

仲青：拜见父母亲大人。

夫：赶快起来。（拉御史）来，去，去。

御：女儿，贤婿……（欲扶，青转身不理）

夫：（手点御史头）你呀，给我站住！啊呀，女儿，女婿快起来吧！

【内喊："圣旨到"。太监上，众跪迎。

太：万岁有旨——

"奉天承运，日本国使节阿倍仲麻吕，原是朕御旨成婚在大唐，今日与夫人青娘重聚一堂，朕其喜之。此乃东瀛扶桑千古佳话。特在迎宾宫中设宴，以示贺庆。钦此！"

众：万岁、万岁、万万岁！

【在一片喜乐声中，幕渐闭。

【幕后合唱起：

大唐扶桑传佳话，

晁衡青娘美名扬。

一衣带水源流长。

千古颂唱友谊花。

【幕徐徐下。

全剧终

（本剧根据同名舞剧改编，曾登《光明行剧本》）

后　记

　　说来有意思，我的文学创作缘由竟是个忙字。什么忙？工作啊。什么工作？经济工作。读者也许觉得可笑！在如今商业社会，自然人都成为经济人，谁不为糊口求富起五更落半夜，连轴转般拼搏！是的，是的，但我的忙除了亚伯拉罕·马斯洛生存第一需求外，还有长期担任企业高管职业的压力，从体制内的厂长、经理、工办主任、经委科长、董事长等，退休后担任民企集团财务总监、常务副总裁至今，并在年初获得省高经协会功勋奖！可慰伏枥。但同职仁人都知道，这都是实实在在异常辛苦的事儿啊！是不是有此天赋，其实上苍清楚，我智商情商都不超过百，说优点有，是个实在厚道人，认真听话忠于职守忍辱负重而已，与马的生肖秉性相符。职务与工作量，每天需要面对那么多密密麻麻的阿拉拍数字，一切经济活动最终是以数据体现，你就如在荆棘丛林中作业，神经必须高度集中，不能疏忽，更要防止过度、崩溃。咋办？转换嘛！把精力移植到自己喜欢的事，在动态中求放松，从乐趣中得宽松，以此调整恢复，经年这样实践，忙里偷闲吧，还转换出成果。

　　这有幸于自己曾经与文学美人近身，十几岁从艺校分配到剧团，加入市创作组，年少气盛，矜负才高八斗，提出报考上海戏剧学院编导系，团长讲必须离职，就此扔掉铁饭碗摔了一个大跟斗，美人拜拜，肚子要紧，但留下余香在转换中娴雅陪我续梦，于是重新拿起笔，涂涂写写，文思兮兮，精神得以亢奋，工作效率提升，同样，创作取得收获，出了几部书，国内外报纸杂志发表文章，时不时参与征文赛，获得几个奖。

这次结集的是近几年选编的刊登文学作品，敝帚自珍，出版上柜奉献读者，望能喜欢。

有人问，既然是搞经济的，为什么不写经济专业的文章，我答写过的，开始是循此路径攀登，二十世纪九十年代出版专著《中国股份合作制》，几十篇文章在上海、北京等报刊上登载，得过数次省经济论文优秀奖，但后来把它置于一边，只偶尔为之。起因是申报上市公司的事闹的，为体制转换企业属性的界定，思绪拗扭颠覆，理论与现实纠缠，专业不专，赶快放松再放松，回归文学春秋大梦，道理质朴，文学创作完全可以自由翱翔的，此中愉悦是无可比拟的，尤其在最困忧之时。

其实经济管理与文学创作是能够互补，前面所表述的是用文学创作转换经济管理的思绪，从而可以在不同的界面不同的领域让脑子得到积极休息，促进经济管理工作更有效开展；反之，经济工作给文学创作提供无数取之不尽的素材及灵感。因为，经济是社会活动中最丰富最直接最现实又最生动的活动舞台，能接触各类人物，能进入各种场面，行千里路成为常态，读万卷书可以比拟，经济容量涉及方方面面知识足够让人学习吸收，市场竞争无数生动个例那么的鲜眉亮眼，经常遭遇马克思所说的"惊险一跳"，身在其中需要有厚实的知识积累才能判断着地。故每每寅夜灯下思绪随键盘击打喷涌而出，在欲罢不休间感受到无比的快哉！然而，限于写作功底肤浅，更缺乏创作天赋，自知难登大雅之堂，但在追求文学梦境中，自有得益。

"问渠那得清如许？为有源头活水来。"朱熹的诗形象刻画本人写作追求，如果本书结集的散文小说能对读者有所裨益，那么绝不是技巧、辞藻，而是渊博的生活，有赖于长期浸染和所感所受，体现出自己职业见解和真挚的热爱。我喜欢写小人物，着意烟火人家，追溯往事意在传承德操；我爱登山撷趣描述西子湖光山色，在于卓越励志崇尚达观情怀。本书取名《瓶兰花树》并非仅寓意古宅拆迁的怀旧，内含时代症结的感叹，杭州多少珍贵名树，因无知妄为毁灭，留个芳名以念。

自古文学为外师造化所得，如著名作家库克里克所说"要在平淡的生活中发现美，在淳朴的爱里感恩回味，在行走的人生里得到温馨"。石

黑一雄说："当看到我用毕生的精力去捕捉那个世界独特的美，我相信我会感到心满意足的。没有人能使我相信我虚度了光阴。"我是在努力这样做，而且一直坚持这样追求，我的快乐应该来源于此，说到底，写作过程其实是最好的休息享受。与所有有爱好的人一样，别去阻拦剥夺，更不要自我放弃，因为这是天籁赋予，唯己所有的！

不是自私，须知正因有无数个人的爱好大千世界才会缤纷争艳。

非常感谢中国文联出版社苏晶、周欣等编辑的指导，由衷感谢长期提携和指导我的老作家薛家柱先生，感谢浙江日报资深记者顾金生老师为本书写序，感谢全国优秀女企业家谢丽娟女士对本书出版的支持。同样深深感谢家人、亲友和同事，没有你们长期的支持和鼓励，理解及付出，如同缺乏阳光雨露的花蕾不能鲜丽绽放。

稽首祝福。

曹家桥

2018 年 7 月 3 日于窑山